Bücher in größerer Schrift

gross.druck

K · G · S

E. T. A. Hoffmann

Das Fräulein von Scuderi

Erzählung aus dem Zeitalter Ludwig des Vierzehnten

gross.druck
K · G · Saur

Die vorliegende Ausgabe folgt dem Text der Erstausgabe von 1820

Bibliografische Information Der Deutschen Bibliothek
Die Deutsche Bibliothek verzeichnet diese Publikation
in der Deutschen Nationalbibliografie;
detaillierte bibliografische Daten sind im Internet
über http://dnb.ddb.de abrufbar.

Umschlaggestaltung: Zembsch' Werkstatt, München

Gesamtherstellung: Bookwise, München
Printed in Slovakia

ISBN 3-598-80062-2

In der Straße St. Honoree war das kleine Haus gelegen, welches Magdaleine von Scuderi, bekannt durch ihre anmuthigen Verse, durch die Gunst Ludwig des XIV. und der Maintenon, bewohnte.

Spät um Mitternacht – es mochte im Herbste des Jahres 1680. seyn – wurde an dieses Haus hart und heftig angeschlagen, daß es im ganzen Flur laut wiederhallte. – Baptiste, der in des Fräuleins kleinem Haushalt Koch, Bedienten und Thürsteher zugleich vorstellte, war mit Erlaubniß seiner Herrschaft über Land gegangen zur Hochzeit seiner Schwester, und so kam es, daß die Martiniere, des Fräuleins Kammerfrau, allein im Hause noch wachte. Sie hörte die wiederholten Schläge, es fiel ihr ein, daß Baptiste fortgegangen, und sie mit dem Fräulein ohne weitern Schutz im Hause geblieben sey; aller Frevel von Einbruch, Diebstahl und Mord, wie er jemals in Paris verübt worden, kam ihr in den Sinn, es wurde ihr gewiß, daß irgend ein Haufen Meuter, von der Einsamkeit des Hauses unterrichtet, da draußen tobe, und eingelassen ein böses Vorhaben gegen die Herrschaft ausführen wolle, und so blieb sie in ihrem Zimmer zitternd und zagend, und den Baptiste verwünschend sammt seiner Schwester Hochzeit. Unterdessen donnerten die Schläge immer fort, und es war ihr, als rufe eine Stimme dazwischen: So macht doch nur auf um Christuswillen, so macht doch nur auf! Endlich in steigender Angst ergriff die Martiniere schnell den Leuchter mit der brennenden Kerze, und rannte hinaus auf den Flur; da vernahm sie ganz deutlich die Stimme des Anpochenden: Um Christuswillen, so macht doch nur auf! „In der That, dachte die Martiniere, so spricht doch wohl kein Räuber; wer weiß, ob nicht gar ein Verfolgter Zuflucht sucht bei meiner Herrschaft, die ja geneigt ist zu jeder Wohlthat. Aber laßt uns vorsichtig seyn!" – Sie öffnete ein Fenster und rief hinab, wer denn da unten in später Nacht so an der Hausthür tobe, und alles aus dem Schlafe wecke, indem sie ihrer tiefen Stimme so viel Männliches zu geben sich bemühte, als nur möglich. In dem Schimmer der Mondesstrahlen, die eben durch die finstern Wolken brachen, gewahrte sie eine lange, in einen hellgrauen Mantel gewickelte Gestalt, die den breiten Hut tief in die Augen gedrückt hatte. Sie rief nun mit lauter Stimme, so, daß es der unten vernehmen konnte: Baptiste, Claude, Pierre, steht auf, und seht einmal zu, welcher Taugenichts uns das Haus einschlagen will! Da sprach es aber mit sanfter, beinahe klagender Stimme von unten herauf: Ach! la Martiniere, ich weiß ja, daß ihr es seyd, liebe Frau, so sehr ihr Eure Stimme zu verstellen trachtet, ich weiß ja, daß Baptiste über Land gegangen ist, und ihr mit Eurer Herrschaft allein im Hause seyd. Macht mir nur getrost auf, befürchtet nichts. Ich muß durchaus mit Eurem Fräulein sprechen, noch in dieser Minute. „Wo denkt ihr hin, erwiederte die Martiniere, mein Fräulein wollt ihr sprechen mitten in der Nacht? Wißt ihr denn nicht, daß sie längst schläft, und daß ich sie um keinen Preis wecken werde aus dem ersten süßesten Schlummer, dessen sie in ihren Jahren wohl bedarf." „Ich weiß, sprach der Untenstehende, ich weiß, daß Euer Fräulein so eben das Manuscript ihres Romans, Clelia geheißen, an dem sie rastlos arbeitet, bei Seite gelegt hat, und jetzt noch einige Verse aufschreibt, die sie morgen bey der Marquise de Maintenon vorzulesen gedenkt. Ich beschwöre Euch Frau Martiniere, habt die Barmherzigkeit, und öffnet mir die Thüre. Wißt, daß es darauf ankommt, einen Unglücklichen vom Verderben zu retten, wißt, daß Ehre, Freiheit, ja das Leben eines Menschen abhängt von diesem Augenblick, in dem ich Euer Fräulein sprechen muß. Bedenkt, daß Eurer Gebieterin Zorn ewig auf Euch lasten würde, wenn Sie erführe, daß Ihr es waret, die den Unglücklichen, welcher kam, ihre Hülfe zu erflehen, hartherzig von der Thüre wieset." „Aber warum sprecht ihr denn meines Fräuleins Mitleid an in dieser ungewöhnlichen Stunde, kommt morgen zu guter Zeit wieder", so sprach die Martiniere herab; da erwiederte der unten: „Kehrt sich denn das Schicksal, wenn es verderbend wie der tödtende Blitz einschlägt, an Zeit und Stunde? Darf, wenn nur ein Augenblick Rettung noch möglich ist, die Hülfe aufgeschoben werden? Oeffnet mir die Thüre, fürchtet doch nur nichts von einem Elenden, der schutzlos, verlassen von aller Welt, verfolgt, bedrängt von einem ungeheuern Geschick Euer Fräulein um Rettung anflehen will aus drohender Gefahr!" Die Martiniere vernahm, wie der Untenstehende bei diesen Worten vor tiefem Schmerz stöhnte und schluchzte; dabei war der Ton von seiner Stimme der eines Jünglings, sanft und eindringend tief in die Brust. Sie fühlte sich im Innersten bewegt, ohne sich weiter lange zu besinnen, holte sie die Schlüssel herbei.

So wie sie die Thüre kaum geöffnet, drängte sich ungestüm die im Mantel gehüllte Gestalt hinein und rief, der Martiniere vorbeischreitend in den Flur, mit wilder Stimme: „Führt mich zu Euerm Fräulein!" Erschrokken hob die Martiniere den Leuchter in die Höhe, und der Kerzenschimmer fiel in ein todbleiches, furchtbar entstelltes Jünglingsantlitz. Vor Schrecken hätte die Martiniere zu Boden sinken mögen, als nun der Mensch den Mantel auseinanderschlug, und der blanke Griff eines Stilets aus dem Brustlatz hervorragte. Es blitzte der

Mensch sie an mit funkelnden Augen und rief noch wilder als zuvor: „Führt mich zu Euerm Fräulein, sage ich Euch!“ Nun sah’ die Martiniere ihr Fräulein in der dringendsten Gefahr, alle Liebe zu der theuren Herrschaft, in der sie zugleich die fromme, treue Mutter ehrte, flammte stärker auf im Innern, und erzeugte einen Muth, dessen sie wohl selbst sich nicht fähig geglaubt hätte. Sie warf die Thüre ihres Gemachs, die sie offen gelassen, schnell zu, trat vor dieselbe und sprach stark und fest: „In der That, Euer tolles Betragen hier im Hause paßt schlecht zu Euern kläglichen Worten da draußen, die, wie ich nun wohl merke, mein Mitleiden sehr zu unrechter Zeit erweckt haben. Mein Fräulein sollt und werdet ihr jetzt nicht sprechen. Habt Ihr nichts Böses im Sinn, dürft ihr den Tag nicht scheuen, so kommt morgen wieder; und bringt Eure Sache an! – jetzt schert Euch aus dem Hause!“ Der Mensch stieß einen dumpfen Seufzer aus, blickte die Martiniere starr an mit entsetzlichem Blick, und griff nach dem Stilet. Die Martiniere befahl im Stillen ihre Seele dem Herrn, doch blieb sie standhaft, und sah dem Menschen keck ins Auge indem sie sich fester an die Thüre des Gemachs drückte, durch welches der Mensch gehen mußte, um zu dem Fräulein zu gelangen. „Laßt mich zu Euerm Fräulein, sage ich Euch, rief der Mensch nochmals.“

„Thut was ihr wollt, erwiederte die Martiniere, ich weiche nicht von diesem Platz, vollendet nur die böse That, die ihr begonnen, auch ihr werdet den schmachvollen Tod finden auf dem Greveplatz, wie Eure verruchten Spießgesellen." „Ha, schrie der Mensch auf, ihr habt recht, la Martiniere! ich sehe aus, ich bin bewaffnet wie ein verruchter Räuber und Mörder, aber meine Spießgesellen sind nicht gerichtet, sind nicht gerichtet!" – Und damit zog er, giftige Blicke schießend auf die zum Tode geängstete Frau, das Stilet heraus. Jesus! rief sie, den Todesstoß erwartend, aber in dem Augenblick ließ sich auf der Straße das Geklirr von Waffen, der Huftritt von Pferden hören. „Die Marechaussee – die Marechaussee. Hülfe, Hülfe!" – schrie die Martiniere. „Entsetzliches Weib, du willst mein Verderben – nun ist Alles aus, alles aus! – nimm! – nimm; gib das dem Fräulein heute noch – morgen wenn du willst –" dieß leise murmelnd hatte der Mensch der Martiniere den Leuchter weggerissen, die Kerzen verlöscht und ihr ein Kästchen in die Hände gedrückt. „Um deiner Seligkeit willen, gib das Kästchen dem Fräulein," rief der Mensch und sprang zum Hause hinaus. Die Martiniere war zu Boden gesunken, mit Mühe stand sie auf, und tappte sich in der Finsterniß zurück in ihr Gemach, wo sie ganz erschöpft, keines Lautes mächtig, in den Lehnstuhl sank. Nun hörte sie die Schlüssel klirren, die sie im Schloß der Hausthüre hatte stecken lassen. Das Haus wurde zugeschlossen und leise unsichere Tritte nahten sich dem Gemach. Fest gebannt, ohne Kraft sich zu regen, erwartete sie das Gräßliche; doch wie geschah ihr, als die Thüre aufging und sie bei dem Scheine der Nachtlampe auf den ersten Blick den ehrlichen Baptiste erkannte; der sah leichenblaß aus und ganz verstört. „Um aller Heiligen willen, fing er an, um aller Heiligen willen, sagt mir Frau Martiniere, was ist geschehen? Ach die Angst! die Angst! – Ich weiß nicht was es war, aber fortgetrieben hat es mich von der Hochzeit gestern Abend mit Gewalt! – Und nun komme ich in die Straße. Frau Martiniere, denk' ich, hat einen leisen Schlaf, die wird's wohl hören, wenn ich leise und säuberlich anpoche an die Hausthüre, und mich hineinlassen. Da kommt mir eine starke Patrouille entgegen, Reuter, Fußvolk bis an die Zähne bewaffnet, und hält mich an und will mich nicht fortlassen. Aber zum Glück ist Desgrais dabei, der Marechaussee-Lieutnant, der mich recht gut kennt; der spricht, als sie mir die Laterne unter die Nase halten: Ei Baptiste, wo kommst du her des Wegs in der Nacht? Du mußt fein im Hause bleiben und es hüten. Hier ist es nicht geheuer, wir denken noch in dieser Nacht einen guten Fang zu machen. Ihr glaubt gar nicht, Frau

Martiniere, wie mir diese Worte auf's Herz fielen. Und nun trete ich auf die Schwelle, und da stürzt ein verhüllter Mensch aus dem Hause, das blanke Stilet in der Faust, und rennt mich um und um – das Haus ist offen, die Schlüssel stecken im Schlosse – sagt, was hat das Alles zu bedeuten?“ Die Martiniere, von ihrer Todesangst befreit, erzählte, wie sich Alles begeben. Beide, sie und Baptiste, gingen in den Hausflur, sie fanden den Leuchter auf dem Boden, wo der fremde Mensch ihn im Entfliehen hingeworfen. „Es ist nur zu gewiß, sprach Baptiste, daß unser Fräulein beraubt und wohl gar ermordet werden sollte. Der Mensch wußte, wie ihr erzählt, daß ihr allein wart mit dem Fräulein, ja sogar, daß sie noch wachte bei ihren Schriften; gewiß war es einer von den verfluchten Gaunern und Spitzbuben, die bis ins Innere der Häuser dringen, alles listig auskundschaftend, was ihnen zur Ausführung ihrer teuflischen Anschläge dienlich. Und das kleine Kästchen, Frau Martiniere, das, denk' ich, werfen wir in die Seine, wo sie am tiefsten ist. Wer steht uns dafür, daß nicht irgend ein verruchter Unhold unserm guten Fräulein nach dem Leben trachtet, daß sie, das Kästchen öffnend, nicht todt niedersinkt, wie der alte Marquis von Tournay, als er den Brief aufmachte, den er von unbekannter Hand erhalten! –“ Lange rathschlagend, beschlossen die Getreuen endlich, dem Fräulein am andern Morgen Alles zu erzählen und ihr auch das geheimnißvolle Kästchen einzuhändigen, das ja mit gehöriger Vorsicht geöffnet werden könne. Beide, erwägten sie genau jeden Umstand der Erscheinung des verdächtigen Fremden, meinten, daß wohl ein besonderes Geheimniß im Spiele seyn könne, über das sie eigenmächtig nicht schalten dürften, sondern die Enthüllung ihrer Herrschaft überlassen müßten. –

Baptiste's Besorgnisse hatten ihren guten Grund. Gerade zu der Zeit war Paris der Schauplatz der verruchtesten Greuelthaten, gerade zu der Zeit bot die teuflische Erfindung der Hölle die leichtesten Mittel dazu dar.

Glaser, ein teutscher Apotheker, der beste Chemiker seiner Zeit, beschäftigte sich, wie es bei Leuten von seiner Wissenschaft wohl zu geschehen pflegt, mit alchymistischen Versuchen. Er hatte es darauf abgesehen, den Stein der Weisen zu finden. Ihm gesellte sich ein Italiener zu, Namens Exili. Diesem diente aber die Goldmacherkunst nur zum Vorwande. Nur das Mischen, Kochen, Sublimiren der Giftstoffe, in denen Glaser sein Heil zu finden hoffte, wollt' er erlernen, und es gelang ihm endlich, jenes feine Gift zu bereiten, das ohne Geruch, ohne Geschmack, entweder auf der Stelle oder langsam tödtend, durchaus keine Spur im menschlichen

Körper zurückläßt, und alle Kunst, alle Wissenschaft der Aerzte täuscht, die, den Giftmord nicht ahnend, den Tod immer einer natürlichen Ursache zuschreiben müssen. So vorsichtig Exili auch zu Werke ging, so kam er doch in den Verdacht des Giftverkaufs, und wurde nach der Bastille gebracht. In dasselbe Zimmer sperrte man bald darauf den Hauptmann Godin de Sainte Croix ein. Dieser hatte mit der Marquise de Brinvillier lange Zeit in einem Verhältnisse gelebt, welches Schande über die ganze Familie brachte, und endlich, da der Marquis unempfindlich blieb für die Verbrechen seiner Gemahlin, ihren Vater, Dreux d'Aubray, Civillieutnant zu Paris, nöthigte, das verbrecherische Paar, durch einen Verhaftsbefehl zu trennen, den er wider den Hauptmann auswirkte. Leidenschaftlich, ohne Charakter, Frömmigkeit heuchelnd und zu Lastern aller Art geneigt von Jugend auf, eifersüchtig, rachsüchtig bis zur Wuth, konnte dem Hauptmann nichts willkommner seyn als Exilis teuflisches Geheimniß, das ihm die Macht gab, alle seine Feinde zu vernichten. Er wurde Exilis eifriger Schüler, und that es bald seinem Meister gleich, so daß er, aus der Bastille entlassen, allein fortzuarbeiten im Stande war.

Die Brinvillier war ein entartetes Weib, durch Sainte Croix wurde sie zum Ungeheuer. Er vermochte sie nach und nach, erst ihren eignen Vater, bei dem sie sich befand, ihn mit verruchter Heuchelei im Alter pflegend, dann ihre beiden Brüder, und endlich ihre Schwester zu vergiften; den Vater aus Rache, die andern der reichen Erbschaft wegen. Die Geschichte mehrerer Giftmörder gibt das entsetzliche Beispiel, daß Verbrechen der Art zur unwiderstehlichen Leidenschaft werden. Ohne weitern Zweck, aus reiner Lust daran, wie der Chemiker Experimente macht zu seinem Vergnügen, haben oft Giftmörder Personen gemordet, deren Leben oder Tod ihnen völlig gleich seyn konnte. Das plötzliche Hinsterben mehrerer Armen im Hotel Dieu erregte später den Verdacht, daß die Brodte, welche die Brinvillier dort wöchentlich auszutheilen pflegte, um als Meister der Frömmigkeit und des Wohlthuns zu gelten, vergiftet waren. Gewiß ist es aber, daß sie Taubenpasteten vergiftete, und sie den Gästen, die sie geladen, vorsetzte. Der Chevalier du Guet und mehrere andere Personen fielen als Opfer dieser höllischen Mahlzeiten. Sainte Croix, sein Gehülfe la Chaussee, die Brinvillier wußten lange Zeit hindurch ihre gräßliche Unthaten in undurchdringliche Schleier zu hüllen; doch welche verruchte List verworfener Menschen vermag zu bestehen, hat die ewige Macht des Himmels beschlossen, schon hier auf Erden die Frevler zu richten! – Die Gifte, welche Sainte Croix bereitete, waren so fein, daß, lag das Pulver (poudre de succession nannten es die Pariser) bei der Bereitung offen, ein einziger Athemzug hinreichte, sich augenblicklich den Tod zu geben. Sainte Croix trug deßhalb bei seinen Operationen eine Maske von feinem Glase. Diese fiel eines Tags, als er eben ein fertiges Giftpulver in eine Phiole schütten wollte, herab, und er sank, den feinen Staub des Giftes einathmend, augenblicklich todt nieder. Da er ohne Erben verstorben; eilten die Gerichte herbei, um den Nachlaß unter Siegel zu nehmen. Da fand sich in einer Kiste verschlossen das ganze höllische Arsenal des Giftmords, das dem verruchten Sainte Croix zu Gebote gestanden, aber auch die Briefe der Brinvillier wurden aufgefunden, die über ihre Unthaten keinen Zweifel ließen. Sie floh nach Lüttich in ein Kloster. Desgrais, ein Beamter der Marechaussee, wurde ihr nachgesendet. Als Geistlicher verkleidet erschien er in dem Kloster, wo sie sich verborgen. Es gelang ihm, mit dem entsetzlichen Weibe einen Liebeshandel anzuknüpfen, und sie zu einer heimlichen Zusammenkunft in einen einsamen Garten vor der Stadt zu verlocken. Kaum dort angekommen wurde sie aber von Desgrais Häschern umringt, der geistliche Liebhaber verwandelte sich plötzlich in den Beamten der Marechaussee, und nöthigte sie in den Wagen zu steigen, der vor dem Garten bereit stand, und von den Häschern umringt gerades Wegs nach Paris abfuhr. La Chaussee war schon früher enthauptet worden, die Brinvillier litt denselben Tod, ihr Körper wurde nach der Hinrichtung verbrannt, und die Asche in die Lüfte zerstreut.

Die Pariser athmeten auf, als das Ungeheuer von der Welt war, das die heimliche mörderische Waffe ungestraft richten konnte gegen Feind und Freund. Doch bald that es sich kund, daß des verruchten la Croix entsetzliche Kunst sich fort vererbt hatte. Wie ein unsichtbares tückisches Gespenst schlich der Mord sich ein in die engsten Kreise, wie sie Verwandschaft – Liebe – Freundschaft nur bilden können, und erfaßte sicher und schnell die unglücklichen Opfer. Der, den man heute in blühender Gesundheit gesehen, wankte morgen krank und siech umher, und keine Kunst der Aerzte konnte ihn vor dem Tode retten. Reichthum – ein einträgliches Amt – ein schönes, vielleicht zu jugendliches Weib – das genügte zur Verfolgung auf den Tod. Das grausamste Mißtrauen trennte die heiligsten Bande. Der Gatte zitterte vor der Gattin – der Vater vor dem Sohn – die Schwester vor dem Bruder. – Unberührt blieben die Speisen, blieb der Wein bei dem Mahl, das der Freund den Freunden gab, und wo sonst Lust und Scherz gewaltet, spähten verwilderte Blicke nach dem verkappten Mörder. Man sah Familienväter ängstlich in entfernten Gegenden Lebensmittel einkaufen, und in dieser, jener schmutzigen Garküche selbst bereiten, in ihrem eigenen Hause teuflischen Verrath fürchtend. Und doch war manchmal die größte, bedachteste Vorsicht vergebens.

Der König, dem Unwesen, das immer mehr überhand nahm, zu steuern, ernannte einen eigenen Gerichtshof, dem er ausschließlich die Untersuchung und Bestrafung dieser heimlichen Verbrechen übertrug. Das war die sogenannte Chambre ardente, die ihre Sitzungen unfern der Bastille hielt, und welcher la Regnie als President vorstand. Mehrere Zeit hindurch blieben Regnies Bemühungen, so eifrig sie auch seyn mochten, fruchtlos, dem verschlagenen Desgrais war es vorbehalten, den geheimsten Schlupfwinkel des Verbrechens zu entdecken. – In der Vorstadt St. Germain wohnte ein altes Weib, la Voisin geheißen, die sich mit Wahrsagen und Geisterbeschwören abgab, und mit Hülfe ihrer Spießgesellen, le Sage und le Vigoureux, auch selbst Personen, die eben nicht schwach und leichtgläubig zu nennen, in Furcht und Erstaunen zu setzen wußte. Aber sie that mehr als dieses. Exilis Schülerin wie la Croix, bereitete sie wie dieser, das feine, spurlose Gift, und half auf diese Weise ruchlosen Söhnen zur frühen Erbschaft, entarteten Weibern zum andern jüngern Gemahl. Desgrais drang in ihr Geheimniß ein, sie gestand alles, die Chambre ardente verurtheilte sie zum Feuertode, den sie auf dem Greveplatze erlitt. Man fand bei ihr eine Liste aller Personen, die sich ihrer Hülfe bedient hatten; und so kam es, daß nicht allein Hinrichtung auf Hinrichtung folgte, sondern auch schwerer Verdacht selbst auf Personen von hohem Ansehen lastete. So glaubte man, daß der Cardinal Bonzy bei der la Voisin das Mittel gefunden, alle Personen, denen er als Erzbischof von Narbonne Pensionen bezahlen mußte, in kurzer Zeit hinsterben zu lassen. So wurden die Herzogin von Bouillon, die Gräfin von Soißons, deren Namen man auf der Liste gefunden, der Verbindung mit dem teuflischen Weibe angeklagt, und selbst François Henri de Montmorencie, Boudebelle, Herzog von Luxemburg, Pair und Marschall des Reichs, blieb nicht verschont. Auch ihn verfolgte die furchtbare Chambre ardente. Er stellte sich selbst zum Gefängniß in der Bastille, wo ihn Louvois und la Regnies Haß in ein sechs Fuß langes Loch einsperren ließ. Monathe vergingen, ehe es sich vollkommen ausmittelte, daß des Herzogs Verbrechen keine Rüge verdienen konnte. Er hatte sich einmal von le Sage das Horoskop stellen lassen.

Gewiß ist es, daß blinder Eifer den Präsidenten la Regnie zu Gewaltstreichen und Grausamkeiten verleitete. Das Tribunal nahm ganz den Character der Inquisition an, der geringfügigste Verdacht reichte hin zu strenger Einkerkerung, und oft war es dem Zufall überlassen, die Unschuld des auf den Tod Angeklagten darzuthun. Dabei war Regnie von garstigem Ansehen und heimtückischem Wesen, so daß er bald den Haß derer auf sich lud, deren Rächer oder Schützer zu seyn er berufen wurde. Die Herzogin von Bouillon, von ihm im Verhöre gefragt, ob sie den Teufel gesehen? erwiederte: mich dünkt, ich sehe ihn in diesem Augenblick!

Während nun auf dem Greveplatz das Blut Schuldiger und Verdächtiger in Strömen floß, und endlich der heimliche Giftmord seltner und seltner wurde, zeigte sich ein Unheil andrer Art, welches neue Bestürzung verbreitete. Eine Gaunerbande schien es darauf angelegt zu haben, alle Juwelen in ihren Besitz zu bringen. Der reiche Schmuck, kaum gekauft, verschwand auf unbegreifliche Weise, mochte er verwahrt seyn wie er wollte. Noch viel ärger war es aber, daß Jeder, der es wagte, zur Abendzeit Juwelen bei sich zu tragen, auf offener Straße oder in finstern Gängen der Häuser beraubt, ja wohl gar ermordet wurde. Die mit dem Leben davon gekommen, sagten aus, ein Faustschlag auf den Kopf habe sie wie ein Wetterstrahl niedergestürzt, und aus der Betäubung erwacht hätten sie sich beraubt, und am ganz andern Orte als da, wo sie der Schlag getroffen, wieder gefunden. Die Ermordeten, wie sie beinahe jeden Morgen auf der Straße oder in den Häusern lagen, hatten alle dieselbe tödtliche Wunde. Einen Dolchstich ins Herz, nach dem Urtheil der Arzte so schnell und sicher tödtend, daß der Verwundete keines Lautes mächtig zu Boden sinken mußte. Wer war an dem üppigen Hofe Ludwig des XIV., der nicht in einen geheimen Liebeshandel verstrickt, spät zur Geliebten schlich, und manchmal ein reiches Geschenk bei sich trug? – Als stünden die Gauner mit Geistern im Bunde, wußten sie genau, wenn sich so etwas zutragen sollte. Oft erreichte der Unglückliche nicht das Haus, wo er Liebesglück zu genießen dachte, oft fiel er auf der Schwelle, ja vor dem Zimmer der Geliebten, die mit Entsetzen den blutigen Leichnam fand.

Vergebens ließ Argenson, der Polizeiminister, Alles aufgreifen in Paris, was von dem Volk nur irgend verdächtig schien, vergebens wüthete la Regnie, und suchte Geständnisse zu erpressen, vergebens wurden Wachen, Patrouillen verstärkt, die Spur der Thäter war nicht zu finden. Nur die Vorsicht, sich bis an die Zähne zu bewaffnen, und sich eine Leuchte vortragen zu lassen, half einigermaßen, und doch fanden sich Beispiele, daß der Diener mit Steinwürfen geängstet, und der Herr in demselben Augenblick ermordet und beraubt wurde.

Merkwürdig war es, daß aller Nachforschungen auf allen Plätzen, wo Juwelenhandel nur möglich war, unerachtet, nicht das mindeste von den geraubten Kleinodien zum Vorschein kam, und also auch hier keine Spur sich zeigte, die hätte verfolgt werden können.

Desgrais schäumte vor Wuth, daß selbst seiner List die Spitzbuben zu entgehen wußten. Das Viertel der Stadt, in dem er sich gerade befand, blieb verschont, während den in dem andern, wo Keiner Böses geahnt, der Raubmord seine reichen Opfer erspähte.

Desgrais besann sich auf das Kunststück, mehrere Desgrais zu schaffen, sich untereinander so ähnlich an Gang, Stellung, Sprache, Figur, Gesicht, daß selbst die Häscher nicht wußten, wo der rechte Desgrais stecke. Unterdessen lauschte er, sein Leben wagend, allein in den geheimsten Schlupfwinkeln, und folgte von weitem diesem oder jenem, der auf seinen Anlaß einen reichen Schmuck bei sich trug. Der blieb unangefochten; also auch von dieser Maaßregel waren die Gauner unterrichtet. Desgrais gerieth in Verzweiflung.

Eines Morgens kommt Desgrais zu dem Präsidenten la Regnie, blaß, entstellt, ausser sich. – Was habt ihr, was für Nachrichten? – Fandet ihr die Spur? ruft ihm der Präsident entgegen. „Ha – gnädiger Herr, fängt Desgrais an, vor Wuth stammelnd, ha gnädiger Herr – gestern in der Nacht – unfern des Louvres ist der Marquis de la Fare angefallen worden in meiner Gegenwart." Himmel und Erde, jauchzt la Regnie auf vor Freude – wir haben sie! – O hört nur, fällt Desgrais mit bitterm Lächeln ein, o hört nur erst, wie sich Alles begeben. – Am Louvre steh' ich also, und passe, die ganze Hölle in der Brust, auf die Teufel, die meiner spotten. Da kommt mit unsicherm Schritt immer hinter sich schauend eine Gestalt dicht bei mir vorüber, ohne mich zu sehen. Im Mondesschimmer erkenne ich den Marquis de la Fare. Ich konnt' ihn da erwarten, ich wußte, wo er hinschlich. Kaum ist er zehn – zwölf Schritte bei mir vorüber, da springt wie aus der Erde herauf eine Figur, schmettert ihn nieder und fällt über ihn her. Unbesonnen, überrascht von dem Augenblick, der den Mörder in meine Hand liefern konnte, schrie ich laut auf, und will mit einem gewaltigen Sprunge aus meinem Schlupfwinkel heraus auf ihn zusetzen; da verwickle ich mich in den Mantel und falle hin. Ich sehe den Menschen wie auf den Flügeln des Windes forteilen, ich rapple mich auf, ich renne ihm nach – laufend stoße ich in mein Horn – aus der Fern antworten die Pfeifen der Häscher – es wird lebendig – Waffengeklirr, Pferdegetrappel von allen Seiten. – Hierher – hierher – Desgrais – Desgrais! schrie ich, daß es durch die Straßen hallt. – Immer sehe ich den Menschen vor mir im hellen Mondschein, wie er, mich zu täuschen, da – dort – einbiegt; – wir kommen in die Straße Nicaise, da scheinen seine Kräfte zu sinken, ich streng die meinigen doppelt an – noch fünfzehn Schritte höchstens hat er Vorsprung – „Ihr holt ihn ein – ihr packt ihn, die Häscher kommen" – schreit la Regnie mit blitzenden Augen, indem er Desgrais beim Arm ergreift, als sey der der fliehende Mörder selbst. – „Fünfzehn Schritte, fährt Desgrais mit dumpfer Stimme und mühsam athmend fort, fünfzehn Schritte vor mir springt der Mensch auf die Seite in den Schatten und verschwindet durch die Mauer. „Verschwindet? – durch die Mauer! – Seyd ihr rasend," ruft la Regnie, indem er zwei Schritte zurück tritt und die Hände zusammenschlägt. „Nennt mich, fährt Desgrais fort, sich die Stirne reibend wie einer, den böse Gedanken plagen, nennt mich, gnädiger Herr, immerhin einen Rasenden, einen thörichten Geisterseher, aber es ist nicht anders, als wie ich es Euch erzähle. Erstarrt stehe ich vor der Mauer, als mehrere Häscher athemlos herbeikommen; mit ihnen der Marquis de la Fare, der sich aufgerafft, den bloßen Degen in der Hand. Wir zünden die Fackeln an, wir tappen an der Mauer hin und her; keine Spur einer Thüre, eines Fensters, einer Oeffnung. Es ist eine starke steinerne Hofmauer, die sich an ein Haus lehnt, in dem Leute wohnen, gegen die auch nicht der leiseste Verdacht aufkommt. Noch heute habe ich Alles in genauen Augenschein genommen. – Der Teufel selbst ist es, der uns foppt.“ Desgrais Geschichte wurde in Paris bekannt. Die Köpfe waren erfüllt von den Zaubereien, Geisterbeschwörungen, Teufelsbündnissen der Voisin, des Vigoureux, des berüchtigten Priesters le Sage; und wie es denn nun in unserer ewigen Natur liegt, daß der Hang zum Uebernatürlichen, zum Wunderbaren alle Vernunft überbietet, so glaubte man bald nichts Geringeres, als daß, wie Desgrais nur im Unmuth gesagt, wirklich der Teufel selbst die Verruchten schütze, die ihm ihre Seelen verkauft. Man kann es sich denken, daß Desgrais Geschichte mancherlei tollen Schmuck erhielt. Die Erzählung davon mit einem Holzschnitt darüber, eine gräßliche Teufelsgestalt vorstellend, die vor dem erschrockenen Desgrais in die Erde versinkt, wurde gedruckt und an allen Ecken verkauft. Genug, das Volk einzuschüchtern, und selbst den Häschern allen Muth zu nehmen, die nun zur Nachtzeit mit Zittern und Zagen die Straßen durchirrten, mit Amuletten behängt, und eingeweicht in Weihwasser.

Argenson sah die Bemühungen der Chambre ardente scheitern, und ging den König an, für das neue Verbrechen einen Gerichtshof zu ernennen, der mit noch ausgedehnterer Macht den Thätern nachspüre und sie strafe. Der König, überzeugt, schon der Chambre ardente zuviel Gewalt gegeben zu haben, erschüttert von dem Greuel unzähliger Hinrichtungen, die der blutgierige la Regnie veranlaßt, wies den Vorschlag gänzlich von der Hand.

Man wählte ein anderes Mittel, den König für die Sache zu beleben.

In den Zimmern der Maintenon, wo sich der König Nachmittags aufzuhalten, und wohl auch mit seinen Ministern bis in die späte Nacht hinein zu arbeiten pflegte, wurde ihm ein Gedicht überreicht im Namen der gefährdeten Liebhaber, welche klagen, daß, gebiete ihnen die Galanterie, der Geliebten ein reiches Geschenk zu bringen, sie allemal ihr Leben daran setzen müßten. Ehre und Lust sey es, im ritterlichen Kampf sein Blut für die Geliebte zu verspritzen; anders verhalte es sich aber mit dem heimtükischen Anfall des Mörders, wider den man sich nicht wappnen könne. Ludwig, der leuchtende Polarstern aller Liebe und Galanterie, der möge hellaufstrahlend die finstre Nacht zerstreuen, und so das schwarze Geheimniß, das darin verborgen, enthüllen. Der göttliche Held, der seine Feinde niedergeschmettert, werde nun auch sein siegreich funkelndes Schwert zücken, und wie Herkules die Lernäische Schlange, wie Theseus den Minotaur, das bedrohliche Ungeheuer bekämpfen, das alle Liebeslust wegzehre, und alle Freude verdüstre in tiefes Leid, in trostlose Trauer.

So ernst die Sache auch war, so fehlte es diesem Gedicht doch nicht, vorzüglich in der Schilderung, wie die Liebhaber auf dem heimlichen Schleichwege zur Geliebten sich ängstigen müßten, wie die Angst schon alle Liebeslust, jedes schöne Abentheuer der Galanterie im Aufkeimen tödte, an geistreichwitzigen Wendungen. Kam nun noch hinzu, daß beim Schluß Alles in einen hochtrabenden Panegyrikus auf Ludwig den XIV. ausging, so konnt es nicht fehlen, daß der König das Gedicht mit sichtlichem Wohlgefallen durchlas. Damit zu Stande gekommen drehte er sich, die Augen nicht wegwendend von dem Papier, rasch um zur Maintenon, las das Gedicht noch einmal mit lauter Stimme ab, und fragte dann anmuthig lächelnd, was sie von den Wünschen der gefährdeten Liebhaber halte? Die Maintenon, ihrem ernsten Sinne treu und immer in der Farbe einer gewissen Frömmigkeit, erwiederte, daß geheime verbotene Wege eben keines besondern Schutzes würdig, die entsetzlichen Verbrecher aber wohl besonderer

Maaßregeln zu ihrer Vertilgung werth wären. Der König, mit dieser schwankenden Antwort unzufrieden, schlug das Papier zusammen, und wollte zurück zu dem Staatssekretair, der in dem andern Zimmer arbeitete, als ihm bei einem Blick, den er seitwärts warf, die Scuderi ins Auge fiel, die zugegen war, und eben unfern der Maintenon auf einem kleinen Lehnsessel Platz genommen hatte. Auf diese schritt er nun los; das anmuthige Lächeln, das erst um Mund und Wangen spielte, und das verschwunden, gewann wieder Oberhand, und dicht vor dem Fräulein stehend und das Gedicht wieder auseinander faltend sprach er sanft: Die Marquise mag nun einmal von den Galanterien unserer verliebten Herren nichts wissen, und weicht mir aus auf Wegen, die nichts weniger als verboten sind. Aber Ihr, mein Fräulein, was haltet Ihr von dieser dichterischen Supplik? – Die Scuderi stand ehrerbietig auf von ihrem Lehnsessel, ein flüchtiges Roth überflog wie Abendpurpur die blassen Wangen der alten würdigen Dame, sie sprach, sich leise verneigend, mit niedergeschlagenen Augen:

Un amant qui craint les voleurs,
n'est point digne d'amour.

Der König, ganz erstaunt über den ritterlichen Geist dieser wenigen Worte, die das ganze Gedicht mit seinen ellenlangen Tiraden zu Boden schlugen, rief mit blitzenden Augen: Beim heiligen Dionys, Ihr habt Recht, Fräulein! Keine blinde Maaßregel, die den Unschuldigen trifft mit dem Schuldigen, soll die Freiheit schützen; mögen Argenson und la Regnie das Ihrige thun! –

Alle die Greuel der Zeit schilderte nun die Martiniere mit den lebhaftesten Farben, als sie am andern Morgen ihrem Fräulein erzählte, was sich in voriger Nacht zugetragen, und übergab ihr zitternd und zagend das geheimnißvolle Kästchen. Sowohl sie als Baptiste, der ganz verblaßt in der Ecke stand, und vor Angst und Beklommenheit die Nachtmütze in den Händen knetend kaum sprechen konnte, baten das Fräulein auf das wehmütigste um aller Heiligen willen, doch nur mit möglichster Behutsamkeit das Kästchen zu öffnen. Die Scuderi, das verschlossene Geheimniß in der Hand wiegend und prüfend, sprach lächelnd: Ihr seht Beide Gespenster! – Daß ich nicht reich bin, daß bei mir keine Schätze, eines Mordes werth, zu holen sind, das wissen die verruchten Meuchelmörder da draussen, die, wie ihr selbst sagt, das Innerste der Häuser erspähen, wohl eben so gut als ich und ihr. Auf mein Leben soll es abgesehen seyn? Wem kann was an dem Tode liegen einer Person von drei und siebzig Jahren, die niemals andere verfolgte als die Bösewichter und Friedenstörer in den Romanen, die sie selbst schuf, die mittelmäßige Verse macht, welche niemandes Neid erregen können, die nichts hinterlassen wird, als den Staat des alten Fräuleins, das bisweilen an den Hof ging, und ein paar Dutzend gut eingebundene Bücher mit vergoldetem Schnitt! Und du, Martiniere! du magst nun die Erscheinung des fremden Menschen so schreckhaft beschreiben wie du willst, doch kann ich nicht glauben, daß er Böses im Sinne getragen.

Also! –

Die Martiniere prallte drei Schritte zurück, Baptiste sank mit einem dumpfen Ach! halb in die Knie, als das Fräulein nun an einen hervorragenden stählernen Knopf drückte, und der Deckel des Kästchens mit Geräusch aufsprang.

Wie erstaunte das Fräulein, als ihr aus dem Kästchen ein Paar goldne, reich mit Juwelen besetzte Armbänder, und eben ein solcher Halsschmuck entgegen funkelten. Sie nahm das Geschmeide heraus, und indem sie die wundervolle Arbeit des Halsschmucks lobte, beäugelte die Martiniere die reichen Armbänder, und rief einmal über das andere, daß ja selbst die eitle Montespan nicht solchen Schmuck besitze. Aber was soll das, was hat das zu bedeuten, sprach die Scuderi. In dem Augenblick gewahrte sie auf dem Boden des Kästchens einen kleinen zusammengefalteten Zettel. Mit Recht hoffte sie den

Aufschluß des Geheimnisses darin zu finden. Der Zettel, kaum hatte sie, was er enthielt, gelesen, entfiel ihren zitternden Händen. Sie warf einen sprechenden Blick zum Himmel, und sank dann wie halb ohnmächtig in den Lehnsessel zurück. Erschrocken sprang die Martiniere, sprang Baptiste ihr bei. „O, rief sie nun mit von Thränen halb erstickter Stimme, o der Kränkung, o der tiefen Beschämung! Muß mir das noch geschehen im hohen Alter! Hab ich denn im thörichten Leichtsinn gefrevelt, wie ein junges, unbesonnenes Ding? – O Gott, sind Worte, halb im Scherz hingeworfen, solcher gräßlichen Deutung fähig! – Darf dann mich, die ich der Tugend getreu und der Frömmigkeit tadellos blieb von Kindheit an, darf dann mich das Verbrechen des teuflischen Bündnisses zeihen?"

Das Fräulein hielt das Schnupftuch vor die Augen und weinte und schluchzte heftig, so daß die Martiniere und Baptiste ganz verwirrt und beklommen nicht wußten, wie ihrer guten Herrschaft beistehen in ihrem großen Schmerz.

Die Martiniere hatte den verhängnißvollen Zettel von der Erde aufgehoben. Auf demselben stand:

Un amant qui craint les voleurs
n'est point digne d'amour.

„Euer scharfsinniger Geist, hochgeehrte Dame, hat uns, die wir an der Schwäche und Feigheit das Recht des Stärkern üben, und uns Schätze zueignen, die auf unwürdige Weise vergeudet werden sollten, von großer Verfolgung errettet. Als einen Beweis unserer Dankbarkeit nehmet gütig diesen Schmuck an. Es ist das Kostbarste, was wir seit langer Zeit haben auftreiben können, wiewohl Euch, würdige Dame! viel schöneres Geschmeide zieren sollte, als dieses nun eben ist. Wir bitten, daß Ihr uns Eure Freundschaft und Euer huldvolles Andenken nicht entziehen möget."

Die Unsichtbaren.

Ist es möglich, rief die Scuderi, als sie sich einigermaßen erholt hatte, ist es möglich, daß man die schamlose Frechheit, den verruchten Hohn so weit treiben kann? – Die Sonne schien hell durch die Fenstergardinen von hochrother Seide, und so kam es, daß die Brillanten, welche auf dem Tische neben dem offenen Kästchen lagen, in röthlichem Schimmer aufblitzten. Hinblickend verhüllte die Scuderi voll Entsetzen das Gesicht, und befahl der Martiniere, das fürchterliche Geschmeide, an dem das Blut der Ermordeten klebe, augenblicklich fortzuschaffen. Die Martiniere, nachdem sie Halsschmuck und Armbänder sogleich in das Kästchen verschlossen, meinte, daß es wohl und am gerathensten seyn würde, die Juwelen dem Polizeiminister zu übergeben, und ihm zu vertrauen, wie sich alles mit der beängstigenden Erscheinung des jungen Menschen, und der Einhändigung des Kästchens zugetragen.

Die Scuderi stund auf und schritt schweigend langsam im Zimmer auf und nieder, als sinne sie erst nach, was nun zu thun sey. Dann befahl sie dem Baptiste, einen Tragsessel zu holen, der Martiniere aber, sie anzukleiden, weil sie auf der Stelle hin wolle zur Marquise de Maintenon.

Sie ließ sich hintragen zur Marquise gerade zu der Stunde, wenn diese, wie die Scuderi wußte, sich allein in ihren Gemächern befand. Das Kästchen mit den Juwelen nahm sie mit sich.

Wohl mußte die Marquise sich hochverwundern, als sie das Fräulein, sonst die Würde, ja trotz ihrer hohen Jahre, die Liebenswürdigkeit, die Anmuth selbst, eintreten sah blaß, entstellt, mit wankenden Schritten. „Was um aller Heiligen willen ist Euch widerfahren?“ rief sie der armen, beängsteten Dame entgegen, die, ganz ausser sich selbst, kaum im Stande, sich aufrecht zu erhalten, nur schnell den Lehnsessel zu erreichen suchte, den ihr die Marquise hinschob. Endlich des

Wortes wieder mächtig, erzählte das Fräulein, welche tiefe, nicht zu verschmerzende Kränkung ihr jener unbedachtsame Scherz, mit dem sie die Supplik der gefährdeten Liebhaber beantwortet, zugezogen habe. Die Marquise, nachdem sie Alles von Moment zu Moment erfahren, urtheilte, daß die Scuderi sich das sonderbare Ereigniß viel zu sehr zu Herzen nehme, daß der Hohn verruchten Gesindels nie ein frommes, edles Gemüth treffen könne, und verlangte zuletzt den Schmuck zu sehen.

Die Scuderi gab ihr das geöffnete Kästchen, und die Marquise konnte sich, als sie das köstliche Geschmeide erblickte, des lauten Ausrufs der Verwunderung nicht erwehren. Sie nahm den Halsschmuck, die Armbänder heraus und trat damit an das Fenster, wo sie bald die Juwelen an der Sonne spielen ließ, bald die zierliche Goldarbeit ganz nahe vor den Augen hielt, um nur recht zu erschauen, mit welcher wundervollen Kunst jedes kleine Häkchen der verschlungenen Ketten gearbeitet war.

Auf einmal wandte sich die Marquise rasch um nach dem Fräulein und rief: „Wißt Ihr wohl, Fräulein! daß diese Armbänder, diesen Halsschmuck niemand anders gearbeitet haben kann, als René Cardillac? – René Cardillac war damals der geschickteste Goldarbeiter in Paris, einer der kunstreichsten und zugleich sonderbarsten Menschen seiner Zeit. Eher klein als groß, aber breitschultrig und von starkem, muskulösem Körperbau hatte Cardillac, hoch in die fünfziger Jahre vorgerückt, noch die Kraft, die Beweglichkeit des Jünglings. Von dieser Kraft, die ungewöhnlich zu nennen, zeugte auch das dicke, krause, röthliche Haupthaar und das gedrungene, gleißende Antlitz. Wäre Cardillac nicht in ganz Paris als der rechtlichste Ehrenmann, uneigennützig, offen, ohne Hinterhalt, stets zu helfen bereit, bekannt gewesen, sein ganz besonderer Blick aus kleinen, tiefliegenden, grün funkelnden Augen hätten ihn in den Verdacht heimlicher Tücke und Bosheit bringen können. Wie gesagt, Cardillac war in seiner Kunst der Geschickteste nicht sowohl in Paris, als vielleicht überhaupt seiner Zeit. Innig vertraut mit der Natur der Edelsteine, wußte er sie auf eine Art zu behandeln und zu fassen, daß der Schmuck, der erst für unscheinbar gegolten, aus Cardillacs Werkstatt hervorging in glänzender Pracht. Jeden Auftrag übernahm er mit brennender Begierde und machte einen Preis, der, so geringe war er, mit der Arbeit in keinem Verhältniß zu stehen schien. Dann ließ ihm das Werk keine Ruhe, Tag und Nacht hörte man ihn in seiner Werkstatt hämmern und oft, war die Arbeit beinahe vollendet, mißfiel ihm plötzlich die Form, er zweifelte an der Zierlichkeit irgend einer Fassung der Juwelen, irgend eines kleinen Häkchens – Anlaß genug, die ganze Arbeit wieder in den Schmelztiegel zu werfen und von neuem anzufangen. So wurde jede Arbeit ein reines, unübertreffliches Meisterwerk, das den Besteller in Erstaunen setzte. Aber nun war es kaum möglich, die fertige Arbeit von ihm zu erhalten. Unter tausend Vorwänden hielt er den Besteller hin von Woche zu Woche, von Monat zu Monat. Vergebens bot man ihm das Doppelte für die Arbeit, nicht einen Louis mehr als den bedungenen Preis wollte er nehmen. Mußte er dann endlich dem Andringen des Bestellers weichen, und den Schmuck herausgeben, so konnte er sich aller Zeichen des tiefsten Verdrusses, ja einer innern Wuth, die in ihm kochte, nicht erwehren. Hatte er ein bedeutenderes, vorzüglich reiches Werk, vielleicht viele Tausende an Werth, bei der Kostbarkeit der Juwelen, bei der überzierlichen Goldarbeit abliefern müssen, so war er im Stande, wie unsinnig umherzulaufen, sich, seine Arbeit, Alles um sich her verwünschend. Aber so wie einer hinter ihm herrannte und laut schrie: „René Cardillac, möchtet ihr nicht einen schönen Halsschmuck machen für meine Braut – Armbänder für mein Mädchen u. s. w.“ dann stand er plötzlich still, blitzte den an mit seinen kleinen Augen und fragte, die Hände reibend: „Was habt ihr denn?“ Der zieht nun ein Schächtelchen hervor und spricht: „Hier sind Juwelen, viel Sonderliches ist es nicht, gemeines Zeug, doch unter euern Händen" – Cardillac läßt ihn nicht ausreden, reißt ihm das Schächtelchen aus den Händen, nimmt die Juwelen heraus, die wirklich nicht viel werth sind, hält sie gegen das Licht und ruft voll Entzücken: „Ho ho – gemeines Zeug? – mit nichten! – hübsche Steine – herrliche Steine, laßt mich nur machen! – und wenn es Euch auf eine Handvoll Louis nicht ankommt, so will ich noch ein paar Steinchen hineinbringen, die Euch in die Augen funkeln sollen wie die liebe Sonne selbst –" Der spricht: „Ich überlasse Euch Alles, Meister René, und zahle, was ihr wollt!" Ohne Unterschied, mag er nun ein reicher Bürgersmann oder ein vornehmer Herr vom Hofe seyn, reißt ihn Cardillac ungestüm an seinen Hals, und drückt und küßt ihn und spricht, nun sey er wieder ganz glücklich und in acht Tagen werde die Arbeit fertig seyn. Er rennt über Hals und Kopf nach Hause, hinein in die Werkstatt, und hämmert drauf los, und in acht Tagen ist ein Meisterwerk zu Stande gebracht. Aber so wie der, der es bestellte, kommt, mit Freuden die geforderte geringe Summe bezahlen, und den fertigen Schmuck mitnehmen will, wird Cardillac verdrüßlich, grob, trotzig. – Aber Meister Cardillac, bedenkt, morgen ist meine Hochzeit. – Was schert mich Eure Hochzeit, fragt in vierzehn Tagen wieder nach. – Der Schmuck ist fertig, hier liegt das Geld, ich muß ihn haben. – Und ich sage Euch, daß ich noch manches an dem Schmuck ändern muß, und ihn heute nicht heraus geben werde. – Und ich sage Euch, daß wenn ihr mir den Schmuck, den ich Euch allenfalls doppelt bezahlen will, nicht herausgebt im Guten, ihr mich gleich mit Argensons dienstbaren Trabanten anreuten sehen sollt. – Nun so quäle Euch der Satan mit hundert glühenden Kneipzangen, und hänge drei Centner an den Halsschmuck, damit er Eure Braut erdroßle! – Und damit steckt Cardillac dem Bräutigam den Schmuck in die Busentasche, ergreift ihn beim Arm, wirft ihn zur Stubenthür hinaus, daß er die ganze Treppe hinabpoltert, und lacht wie der Teufel zum Fenster hinaus, wenn er sieht, wie der arme junge Mensch, das Schnupftuch vor der blutigen Nase, aus dem Hause hinaus hinkt. – Gar nicht zu erklären war es auch, daß Cardillac oft, wenn er mit Enthusiasmus eine Arbeit übernahm, plötzlich den Besteller mit allen Zeichen des im Innersten aufgeregten Gemüths, mit den erschütterndsten Betheurungen, ja unter Schluchzen und Thränen, bei der Jungfrau und allen Heiligen beschwor, ihm das unternommene Werk zu erlassen. Manche der von dem Könige, von dem Volke hochgeachtetsten Personen hatten vergebens große Summen geboten, um nur das kleinste Werk von Cardillac zu erhalten. Er warf sich dem Könige zu Füßen und flehte um die Huld, nichts für ihn arbeiten zu dürfen. Eben so verweigerte er der Maintenon jede Bestellung, ja mit dem Ausdruck des Abscheues und Entsetzens verwarf er den Antrag derselben, einen kleinen, mit den Emblemen der Kunst verzierten Ring zu fertigen, den Racine von ihr erhalten sollte."

„Ich wette, sprach daher die Maintenon, ich wette, daß Cardillac, schicke ich auch hin zu ihm, um wenigstens zu erfahren, für wen er diesen Schmuck fertigte, sich weigert herzukommen, weil er vielleicht eine Bestellung fürchtet und doch durchaus nichts für mich arbeiten will. Wiewohl er seit einiger Zeit abzulassen scheint von seinem starren Eigensinn, denn wie ich höre, arbeitet er jetzt fleißiger als je, und liefert seine Arbeit ab auf der Stelle, jedoch noch immer mit tiefem Verdruß und weggewandtem Gesicht." Die Scuderi, der auch viel daran gelegen, daß, sey es noch möglich, der Schmuck bald in die Hände des rechtmäßigen Eigenthümers komme, meinte, daß man dem Meister Sonderlich ja gleich sagen lassen könne, wie man keine Arbeit, sondern nur sein Urtheil über Juwelen verlange. Das billigte die Marquise. Es wurde nach Cardillac geschickt, und, als sey er schon auf dem Wege gewesen, trat er nach Verlauf weniger Zeit in das Zimmer.

Er schien, als er die Scuderi erblickte, betreten und wie einer, der, von dem Unerwarteten plötzlich getroffen, die Ansprüche des Schicklichen, wie sie der Augenblick darbietet, vergißt, neigte er sich zuerst tief und ehrfurchtsvoll vor dieser ehrwürdigen Dame, und wandte sich dann erst zur Marquise. Die frug ihn hastig, indem sie auf das Geschmeide wies, das auf dem dunkelgrün behängten Tisch funkelte, ob das seine Arbeit sey? Cardillac warf kaum einen Blick darauf und packte, der Marquise ins Gesicht starrend, Armbänder und Halsschmuck schnell ein in das Kästchen, das daneben stand, und das er mit Heftigkeit von sich weg schob. Nun sprach er, indem ein häßliches Lächeln auf seinem rothen Antlitz gleißte: „In der That, Frau Marquise, man muß René Cardillac's Arbeit schlecht kennen, um nur einen Augenblick zu glauben, daß irgend ein anderer Goldschmidt in der Welt solchen Schmuck fassen könne. Freilich ist das meine Arbeit.“ So sagt denn, fuhr die Marquise fort, für wen Ihr diesen Schmuck gefertigt habt. Für mich ganz allein, erwiederte Cardillac, ja Ihr möget, fuhr er fort, als beide, die Maintenon und die Scuderi ihn ganz verwundert anblickten, jene voll Mißtrauen, diese voll banger Erwartung, wie sich nun die

Sache wenden würde, ja ihr möget das nun seltsam finden, Frau Marquise, aber es ist dem so. Bloß der schönen Arbeit willen suchte ich meine besten Steine zusammen, und arbeitete aus Freude daran fleißiger und sorgfältiger als jemals. Vor weniger Zeit verschwand der Schmuck aus meiner Werkstatt auf unbegreifliche Weise. „Dem Himmel sey es gedankt“, rief die Scuderi, indem ihr die Augen vor Freude funkelten, und sie rasch und behende wie ein junges Mädchen von ihrem Lehnsessel aufsprang, auf den Cardillac losschritt, und beide Hände auf seine Schultern legte, „empfangt, sprach sie dann, empfangt, Meister René, das Eigenthum, das Euch verruchte Spitzbuben raubten, wieder zurück.“ Nun erzählte sie ausführlich, wie sie zu dem Schmuck gekommen. Cardillac hörte alles schweigend mit niedergeschlagenen Augen an. Nur mitunter sties er ein unvernehmliches Hm! – So! – Ey! – Hoho! – aus und warf bald die Hände auf den Rücken, bald streichelte er leise Kinn und Wange. Als nun die Scuderi geendet, war es, als kämpfe Cardillac mit ganz besondern Gedanken, die während dessen ihm gekommen, und als wolle irgend ein Entschluß sich nicht fügen und fördern. Er rieb sich die Stirne, er seufzte, er fuhr mit der Hand über die Augen, wohl gar um hervorbrechenden Thränen zu steuern. Endlich ergriff er das Kästchen, das ihm die Scuderi darbot, ließ sich auf ein Knie langsam nieder und sprach: „Euch, edles, würdiges Fräulein! hat das Verhängniß diesen Schmuck bestimmt. Ja nun weiß ich es erst, daß ich während der Arbeit an Euch dachte, ja für Euch arbeitete. Verschmäht es nicht, diesen Schmuck als das Beste, was ich wohl seit langer Zeit gemacht, von mir anzunehmen und zu tragen.“ Ey, ey, erwiederte die Scuderi anmuthig scherzend, wo denkt ihr hin, Meister René, steht es mir denn an, in meinen Jahren mich noch so herauszuputzen mit blanken Steinen? – Und wie kömmt Ihr denn dazu, mich so überreich zu beschenken? Geht, geht, Meister René, wär' ich schön wie die Marquise de Fontange und reich, in der That, ich ließe den Schmuck nicht aus den Händen, aber was soll diesen welken Armen die eitle Pracht, was soll diesem verhüllten Hals der glänzende Putz? Cardillac hatte sich indessen erhoben und sprach, wie ausser sich, mit verwildertem Blick, indem er fortwährend das Kästchen der Scuderi hinhielt: „Thut mir die Barmherzigkeit, Fräulein, und nehmt den Schmuck. Ihr glaubt es nicht, welche tiefe Verehrung ich für Eure Tugend, für Eure hohe Verdienste im Herzen trage! Nehmt doch mein geringes Geschenk nur für das Bestreben an, Euch recht meine innerste Gesinnung zu beweisen.“ – Als nun die Scuderi immer noch zögerte und zögerte, nahm die Maintenon das Kästchen aus

Cardillac's Händen, sprechend: „Nun beim Himmel, Fräulein, immer redet Ihr von Euern hohen Jahren, was haben wir, ich und Ihr mit den Jahren zu schaffen und ihrer Last! – Und thut Ihr denn nicht eben wie ein junges verschämtes Ding, das gern zulangen möchte nach der dargebotnen süßen Frucht, könnte das nur geschehen ohne Hand und ohne Finger. – Schlagt dem wackern Meister René nicht ab, das freiwillig als Geschenk zu empfangen, was tausend Andere nicht erhalten können, alles Goldes, alles Bittens und Flehens unerachtet. –"

Die Maintenon hatte der Scuderi das Kästchen während dessen aufgedrungen und nun stürzte Cardillac nieder auf die Knie – küßte der Scuderi den Rock – die Hände – stöhnte – seufzte – weinte – schluchzte – sprang auf – rannte wie unsinnig, Sessel – Tische umstürzend, daß Porzellan, Gläser zusammenklirrten, in toller Hast von dannen. –

Ganz erschrocken rief die Scuderi: Um aller Heiligen willen, was widerfährt dem Menschen! Doch die Marquise, in besonderer heiterer Laune bis zu sonst ihr ganz fremdem Muthwillen, schlug eine helle Lache auf und sprach: „Da haben wir's Fräulein, Meister René ist in Euch sterblich verliebt, und beginnt nach richtigem Brauch und bewährter Sitte ächter Galanterie Euer Herz zu bestürmen mit reichen Geschenken." Die Maintenon führte diesen Scherz weiter aus, indem sie die Scuderi ermahnte, nicht zu grausam zu seyn gegen den verzweifelten Liebhaber, und diese wurde, Raum gebend angeborner Laune, hingerissen in den sprudelnden Strom tausend lustiger Einfälle. Sie meinte, daß sie, stünden die Sachen nun einmal so, endlich besiegt wohl nicht werde umhin können der Welt das unerhörte Beispiel einer drei und siebzig jährigen Goldschmidts-Braut von untadelichem Adel aufzustellen. Die Maintenon erbot sich, die Brautkrone zu flechten und sie über die Pflichten einer guten Hausfrau zu belehren, wovon freilich so ein kleiner Kick in der Welt von Mädchen nicht viel wissen könne.

Da nun endlich die Scuderi aufstand, um die Marquise zu verlassen, wurde sie alles lachenden Scherzes ungeachtet doch wieder sehr ernst, als ihr das Schmuckkästchen zur Hand kam. Sie sprach: Doch, Frau Marquise! werde ich mich dieses Schmuckes niemals bedienen können. Er ist, mag es sich nun zugetragen haben wie es will, einmal in den Händen jener höllischen Gesellen gewesen, die mit der Frechheit des Teufels, ja wohl gar in verdammtem Bündniß mit ihm, rauben und morden. Mir graußt vor dem Blute, das an dem funkelnden Geschmeide zu kleben scheint. – Und nun hat selbst Cardillacs Betragen, ich muß es gestehen, für mich etwas sonderbar Aengstliches und Unheimliches. Nicht erwehren kann ich mir einer dunklen Ahnung, daß hinter diesem allem irgend ein grauenvolles, entsetzliches Geheimniß verborgen, und bringe ich mir die ganze Sache recht deutlich vor Augen mit jedem Umstande, so kann ich doch wieder gar nicht auch nur ahnen, worin das Geheimniß bestehe, und wie überhaupt der ehrliche, wackere Meister René, das Vorbild eines guten, frommen Bürgers, mit irgend etwas Bösem, Verdammlichen zu thun haben soll. So viel ist aber gewiß, daß ich niemals mich unterstehen werde, den Schmuck anzulegen.

Die Marquise meinte, das hieße die Scrupel zu weit treiben; als nun aber die Scuderi sie auf ihr Gewissen fragte, was sie in ihrer, der Scuderi Lage, wohl thun würde, antwortete sie ernst und fest: weit eher den Schmuck in die Seine werfen, als ihn jemals tragen.

Den Auftritt mit dem Meister René brachte die Scuderi in gar anmuthige Verse, die sie den folgenden Abend in den Gemächern der Maintenon dem Könige vorlas. Wohl mag es seyn, daß sie auf Kosten Meister René's, alle Schauer unheimlicher Ahnung besiegend, das ergötzliche Bild der drei und siebzig jährigen Goldschmidts-Braut von uraltem Adel mit lebendigen Farben darzustellen gewußt. Genug, der König lachte bis ins Innerste hinein und schwur, daß Boileau Despreux seinen Meister gefunden, weshalb der Scuderi Gedicht für das Witzigste galt, das jemals geschrieben.

Mehrere Monate waren vergangen, als der Zufall es wollte, daß die Scuderi in der Glaskutsche der Herzogin von Montansier über den Pontneuf fuhr. Noch war die Erfindung der zierlichen Glaskutschen so neu, daß das neugierige Volk sich zudrängte, wenn ein Fuhrwerk der Art auf den Straßen erschien. So kam es denn auch, daß der gaffende Pöbel auf dem Pontneuf die Kutsche der Montansier umringte, beinahe den Schritt der Pferde hemmend. Da vernahm die Scuderi plötzlich ein Geschimpfe und Gefluche und gewahrte, wie ein Mensch mit Faustschlägen und Rippenstössen sich Platz machte durch die dickste Masse. Und wie er näher kam, trafen sie die durchbohrenden Blicke eines todtbleichen, durch Gram verstörten Jünglings Antlitzes. Unverwandt schaute der junge Mensch sie an, während er mit Ellbogen und Fäusten rüstig vor sich wegarbeitete, bis er an den Schlag des Wagens kam, den er mit stürmender Hastigkeit aufriß, der Scuderi einen Zettel in den Schoß warf, und Stöße, Faustschläge austheilend und empfangend verschwand wie er gekommen. Mit einem Schrei des Entsetzens war, so wie der Mensch am Kutschenschlage erschien, die Martiniere, die sich bei der Scuderi befand, entseelt in die Wagenkissen zurück gesunken. Vergebens riß die Scuderi an der Schnur, rief dem Kutscher zu, der, wie vom bösen Geiste getrieben, peitschte auf die Pferde los, die den Schaum von den Mäulern wegspritzend, um sich schlugen, sich bäumten, endlich in scharfem Trab fortdonnerten über die Brücke. Die Scuderi goß ihr Riechfläschchen über die ohnmächtige Frau aus, die endlich die Augen aufschlug und zitternd und bebend, sich krampfhaft festklammernd an die Herrschaft, Angst und Entsetzen im bleichen Antlitz, mühsam stöhnte: Um der heiligen Jungfrau willen! was wollte der fürchterliche Mensch? – Ach! er war es ja, er war es, derselbe, der Euch in jener schauervollen Nacht das Kästchen brachte! – Die Scuderi beruhigte die Arme, indem sie ihr vorstellte, daß ja durchaus nichts Böses geschehen, und daß es nur darauf ankomme, zu wissen, was der Zettel enthalte. Sie schlug das Blättchen auseinander und fand die Worte:

Ein böses Verhängniß, das Ihr abwenden konntet, stößt mich in den Abgrund! – Ich beschwöre Euch, wie der Sohn die Mutter, von der er nicht lassen kann, in der vollsten Glut kindlicher Liebe, den Halsschmuck und die Armbänder, die Ihr durch mich erhieltet, unter irgend einem Vorwand – um irgend etwas daran bessern – ändern zu lassen, zum Meister René Cardillac zu schaffen; Euer Wohl, Euer Leben hängt davon ab. Thut Ihr es nicht bis übermorgen, so dringe ich in Eure Wohnung und ermorde mich vor Euern Augen! –

Nun ist es gewiß, sprach die Scuderi, als sie dies gelesen, daß, mag der geheimnißvolle Mensch auch wirklich zu der Bande verruchter Diebe und Mörder gehören, er doch gegen mich nichts Böses im Schilde führt. Wäre es ihm gelungen, mich in jener Nacht zu sprechen, wer weiß, welches sonderbare Ereigniß, welch dunkles Verhältniß der Dinge mir klar worden, von dem ich jetzt auch nur die leiseste Ahnung vergebens in meiner Seele suche. Mag aber auch die Sache sich nun verhalten, wie es will, das was mir in diesem Blatt geboten wird, will ich thun, und geschähe es auch nur um den unseligen Schmuck los zu werden, der mir ein höllischer Talismann des Bösen selbst dünkt. Cardillac wird ihn doch wohl nun, seiner alten Sitte getreu, nicht so leicht wieder aus den Händen geben wollen.

Schon andern Tages gedachte die Scuderi, sich mit dem Schmuck zu dem Goldschmidt zu begeben. Doch war es, als hätten alle schönen Geister von ganz Paris sich verabredet, gerade an dem Morgen das Fräulein mit Versen, Schauspielen, Anekdoten zu bestürmen. Kaum hatte la Chapelle die Szene eines Trauerspiels geendet, und schlau versichert, daß er nun wohl Racine zu schlagen gedenke, als dieser selbst eintrat, und ihn mit irgend eines Königs pathetischer Rede zu Boden schlug, bis Boileau seine Leuchtkugeln in den schwarzen tragischen Himmel steigen ließ, um nur nicht ewig von der Colonnade des Louvre schwazzen zu hören, in die ihn der architektische Doktor Perrault hineingemengt.

Hoher Mittag war geworden, die Scuderi mußte zur Herzogin Montansier, und so blieb der Besuch bei Meister René Cardillac bis zum andern Morgen verschoben.

Die Scuderi fühlte sich von einer besondern Unruhe gepeinigt. Beständig vor Augen stand ihr der Jüngling und aus dem tiefsten Innern wollte sich eine dunkle Erinnerung aufregen, als habe sie dies Antlitz, diese Züge schon gesehen. Den leisesten Schlummer störten ängstliche Träume, es war ihr, als habe sie leichtsinnig, ja strafwürdig versäumt, die Hand hülfreich zu erfassen, die der Unglückliche, in den Abgrund versinkend, nach ihr emporgestreckt, ja als sey es an ihr gewesen, irgend einem verderblichen Ereigniß, einem heillosen Verbrechen zu steuern! – So wie es nur hoher Morgen, ließ sie sich ankleiden, und fuhr, mit dem Schmuckkästchen versehen, zu dem Goldschmidt hin.

Nach der Straße Nicaise, dorthin, wo Cardillac wohnte, strömte das Volk, sammelte sich vor der Hausthüre – schrie, lärmte, tobte – wollte stürmend hinein, mit

Mühe abgehalten von der Marechaussee, die das Haus umstellt. Im wilden, verwirrten Getöse riefen zornige Stimmen: Zerreißt, zermalmt den verfluchten Mörder! – Endlich erscheint Desgrais mit zahlreicher Mannschaft, die bildet durch den dicksten Haufen eine Gasse. Die Hausthüre springt auf, ein Mensch mit Ketten belastet wird hinausgebracht und unter den greulichsten Verwünschungen des wüthenden Pöbels fortgeschleppt. – In dem Augenblick, als die Scuderi halb entseelt vor Schreck und furchtbarer Ahnung dies gewahrt, dringt ein gellendes Jammergeschrei ihr in die Ohren. „Vor! – weiter vor!" ruft sie ganz ausser sich dem Kutscher zu, der mit einer geschickten, raschen Wendung den dicken Haufen auseinanderstäubt und dicht vor Cardillacs Hausthüre hält. Da sieht die Scuderi Desgrais und zu seinen Füßen ein junges Mädchen, schön wie der Tag, mit aufgelösten Haaren, halb entkleidet, wilde Angst, trostlose Verzweiflung im Antlitz, die hält seine Knie umschlungen und ruft mit dem Ton des entsetzlichsten, schneidendsten Todesschmerzes: Er ist ja unschuldig! – er ist unschuldig! Vergebens sind Desgrais, vergebens seiner Leute Bemühungen, sie loszureissen, sie vom Boden aufzurichten. Ein starker, ungeschlachter Kerl ergreift endlich mit plumpen Fäusten die Arme, zerrt sie mit Gewalt weg von Desgrais, strauchelt ungeschickt, läßt das Mädchen fahren, die hinabschlägt die steinernen Stufen, und lautlos – todt auf der Straße liegen bleibt. Länger kann die Scuderi sich nicht halten. In Christus Namen, was ist geschehen, was geht hier vor? ruft sie, öffnet rasch den Schlag, steigt aus. – Ehrerbietig weicht das Volk der würdigen Dame, die, als sie sieht, wie ein paar mitleidige Weiber das Mädchen aufgehoben, auf die Stufen gesetzt haben, ihr die Stirne mit starkem Wasser reiben, sich dem Desgrais nähert, und mit Heftigkeit ihre Frage wiederholt. „Es ist das Entsetzliche geschehen, spricht Desgrais, René Cardillac wurde heute Morgen durch einen Dolchstich ermordet gefunden. Sein Geselle Olivier Brußon ist der Mörder. Eben wurde er fortgeführt ins Gefängniß. Und das Mädchen, ruft die Scuderi? ist, fällt Desgrais ein, ist Madelon, Cardillacs Tochter. Der verruchte Mensch war ihr Geliebter. Nun weint und heult sie, und schreit einmal übers andere, daß Olivier unschuldig sey, ganz unschuldig. Am Ende weiß sie von der That und ich muß sie auch nach der Conciergerie bringen lassen." Desgrais warf, als er dies sprach, einen tückischen, schadenfrohen Blick auf das Mädchen, vor dem die Scuderi erbebte. Eben begann das Mädchen leise zu athmen, doch keines Lauts, keiner Bewegung mächtig, mit geschlossenen Augen lag sie da, und man wußte nicht, was zu thun, sie ins Haus bringen, oder ihr noch länger beistehen bis zum Erwachen. Tief bewegt, Thränen in den Augen blickte die Scuderi den unschuldsvollen Engel an, ihr graute vor Desgrais und seinen Gesellen. Da polterte es dumpf die Treppe herab, man brachte Cardillacs Leichnam. Schnell entschlossen rief die Scuderi laut: „Ich nehme das Mädchen mit mir, ihr möget für das Uebrige sorgen, Desgrais!“ Ein dumpfes Murmeln des Beifalls lief durch das Volk. Die Weiber hoben das Mädchen in die Höhe, alles drängte sich hinzu, hundert Hände mühten sich, ihnen beizustehen, und wie in den Lüften schwebend wurde das Mädchen in die Kutsche getragen indem Segnungen der würdigen Dame, die die Unschuld dem Blutgericht entrissen, von allen Lippen strömten.

Serons, des berühmtesten Arztes in Paris, Bemühungen gelang es endlich, Madelon, die stundenlang in starrer Bewußtlosigkeit gelegen, wieder zu sich selbst zu bringen. Die Scuderi vollendete, was der Arzt begonnen, indem sie manchen milden Hoffnungsstrahl leuchten ließ in des Mädchens Seele, bis ein heftiger Thränenstrom, der ihr aus den Augen stürzte, ihr Luft machte. Sie vermochte, indem nur dann und wann die Uebermacht des durchbohrendsten Schmerzes die Worte in tiefem Schluchzen erstickte, zu erzählen, wie sich alles begeben.

Um Mitternacht war sie durch leises Klopfen an ihrer Stubenthüre geweckt worden, und hatte Oliviers Stimme vernommen, der sie beschworen, doch nur gleich aufzustehen, weil der Vater im Sterben liege. Entsetzt sey sie aufgesprungen und habe die Thüre geöffnet. Olivier, bleich und entstellt, von Schweiß triefend sey, das Licht in der Hand, mit wankenden Schritten nach der Werkstatt gegangen, sie ihm gefolgt. Da habe der Vater gelegen mit starren Augen und geröchelt im Todeskampfe. Jammernd habe sie sich auf ihn gestürzt, und nun erst sein blutiges Hemde bemerkt. Olivier habe sie sanft weggezogen und sich dann bemüht, eine Wunde auf der linken Brust des Vaters mit Wundbalsam zu waschen und zu verbinden. Während dessen sey des Vaters Besinnung zurückgekehrt, er habe zu röcheln aufgehört, und sie, dann aber Olivier mit seelenvollem Blick angeschaut, ihre Hand ergriffen, sie in Oliviers Hand gelegt und beide hastig gedrückt. Beide, Olivier und sie, wären bei dem Lager des Vaters auf die Knie gefallen, er habe sich mit einem schneidenden Laut in die Höhe gerichtet, sey aber gleich wieder zurückgesunken und mit einem tiefen Seufzer verschieden. Nun hätten sie Beide laut gejammert und geklagt. Olivier habe erzählt, wie der Meister auf einem Gange, den er mit ihm auf sein Geheiß in der Nacht habe machen müssen, in seiner Gegenwart ermordet worden, und wie er mit der größten Anstrengung den schweren Mann, den er nicht auf den Tod verwundet gehalten, nach Hause getragen. So wie der Morgen angebrochen, wären die Hausleute, denen das Gepolter, das laute Weinen und Jammern in der Nacht aufgefallen, heraufgekommen und hätten sie noch ganz trostlos bei der Leiche des Vaters kniend gefunden. Nun sey Lärm entstanden; die Marechaussee eingedrungen und Olivier als Mörder seines Meisters ins Gefängniß geschleppt worden. Madelon fügte nun die rührendste Schilderung von der Tugend, der Frömmigkeit, der Treue ihres geliebten Oliviers hinzu. Wie er den Meister, als sey er sein eigener Vater, hoch in Ehren gehalten, wie dieser seine Liebe in vollem Maaß erwiedert, wie er ihn trotz seiner Armuth zum Eidam erkohren, weil seine Geschicklichkeit seiner Treue, seinem edlen Gemüth gleichgekommen. Das Alles erzählte Madelon aus dem innersten Herzen heraus und schloß damit, daß, wenn Olivier in ihrem Beiseyn dem Vater den Dolch in die Brust gestoßen hätte, sie dies eher für ein Blendwerk des Satans halten, als daran glauben würde, daß Olivier eines solchen entsetzlichen, grauenvollen Verbrechens fähig seyn könne.

Die Scuderi, von Madelons namenlosen Leiden auf das tiefste gerührt und ganz geneigt, den armen Olivier für unschuldig zu halten, zog Erkundigungen ein, und fand Alles bestätigt, was Madelon über das häusliche Verhältniß des Meisters mit seinem Gesellen erzählt hatte. Die Hausleute, die Nachbaren rühmten einstimmig den Olivier als das Muster eines sittigen, frommen, treuen, fleißigen, Betragens, niemand wußte Böses von ihm und doch, war von der gräßlichen That die Rede, zuckte jeder die Achseln und meinte, darin liege etwas Unbegreifliches.

Olivier, vor die Chambre ardente gestellt, läugnete, wie die Scuderi vernahm, mit der größten Standhaftigkeit, mit dem hellsten Freimuth die ihm angeschuldigte That, und behauptete, daß sein Meister in seiner Gegenwart auf der Straße angefallen und niedergestoßen worden, daß er ihn aber noch lebendig nach Hause geschleppt, wo er sehr bald verschieden sey. Auch dies stimmte also mit Madelons Erzählung überein.

Immer und immer wieder ließ sich die Scuderi die kleinsten Umstände des schrecklichen Ereignisses wiederholen. Sie forschte genau, ob jemals ein Streit zwischen Meister und Gesellen vorgefallen, ob vielleicht Olivier nicht ganz frei von jenem Jähzorn sey, der oft wie ein blinder Wahnsinn die gutmüthigsten Menschen überfällt und zu Thaten verleitet, die alle Willkühr des Handelns auszuschließen scheinen. Doch je begeisterter Madelon von dem ruhigen häuslichen Glück sprach, in dem die drei Menschen in innigster Liebe verbunden lebten, desto mehr verschwand jeder Schatten des Verdachts wider den auf den Tod angeklagten Olivier. – Genau alles prüfend, davon ausgehend, daß Olivier unerachtet alles dessen, was laut für seine Unschuld spräche, dennoch Cardillacs Mörder gewesen, fand die Scuderi im Reich der Möglichkeit keinen Beweggrund zu der entsetzlichen That, die in jedem Fall Oliviers Glück zerstören mußte. – Er ist arm, aber geschickt. – Es gelingt ihm, die Zuneigung des berühmtesten Meisters zu gewinnen, er liebt die Tochter, der Meister begünstigt seine Liebe, Glück, Wohlstand für sein ganzes Leben wird ihm erschlossen! – Sey es aber nun, daß, Gott weiß, auf welche Weise gereizt, Olivier vom Zorn übermannt seinen Wohlthäter, seinen Vater mörderisch anfiel, welche teuflische Heuchelei gehört dazu, nach der That sich so zu betragen, als es wirklich geschah! – Mit der festen Ueberzeugung von Oliviers Unschuld faßte die Scuderi den Entschluß, den unschuldigen Jüngling zu retten, koste es, was es wolle.

Es schien ihr, ehe sie die Huld des Königs selbst vielleicht anrufe, am gerathensten, sich an den Präsidenten la Regnie zu wenden, ihn auf alle Umstände, die für Oliviers Unschuld sprechen mußten, aufmerksam zu machen, und so vielleicht in des Präsidenten Seele eine innere, dem Angeklagten günstige Ueberzeugung zu erwecken, die sich wohlthätig den Richtern mittheilen sollte.

La Regnie empfing die Scuderi mit der hohen Achtung, auf die die würdige Dame, von dem Könige selbst hoch geehrt, gerechten Anspruch machen konnte. Er hörte richtig alles an, was sie über die entsetzliche That, über Oliviers Verhältnisse, über seinen Charakter vorbrachte. Ein feines, beinahe hämisches Lächeln war indessen Alles, womit er bewies, daß die Betheurungen, die von häufigen Thränen begleiteten Ermahnungen, wie jeder Richter nicht der Feind des Angeklagten seyn, sondern auch auf Alles achten müsse, was zu seinen Gunsten spräche, nicht an gänzlich tauben Ohren vorüber glitten. Als das Fräulein nun endlich ganz erschöpft, die Thränen von den Augen wegtrocknend, schwieg, fing la Regnie an: Es ist ganz Eures vortrefflichen Herzens würdig, mein Fräulein, daß Ihr, gerührt von den Thränen eines jungen, verliebten Mädchens, alles glaubt, was sie vorbringt, ja daß Ihr nicht fähig seyd, den Gedanken einer entsetzlichen Unthat zu fassen, aber anders ist es mit dem Richter, der gewohnt ist, frecher

Heuchelei die Larve abzureissen. Wohl mag es nicht meines Amts seyn, jedem, der mich frägt, den Gang eines Kriminalprozesses zu entwickeln. Fräulein! ich thue meine Pflicht, wenig kümmert mich das Urtheil der Welt. Zittern sollen die Bösewichter vor der Chambre ardente, die keine Strafe kennt als Blut und Feuer. Aber vor Euch, mein würdiges Fräulein, möcht' ich nicht für ein Ungeheuer gehalten werden an Härte und Grausamkeit, darum vergönnt mir, daß ich Euch mit wenigen Worten die Blutschuld des jungen Bösewichts, der, dem Himmel sey es gedankt! der Rache verfallen ist, klar vor Augen lege. Euer scharfsinniger Geist wird dann selbst die Gutmüthigkeit verschmähen, die Euch Ehre macht, mir aber gar nicht anstehen würde. – Also! – Am Morgen wird René Cardillac durch einen Dolchstoß ermordet gefunden. Niemand ist bei ihm, als sein Geselle Olivier Brußon und die Tochter. In Oliviers Kammer, unter allem Greuel, findet man einen Dolch von frischem Blute gefärbt, der genau in die Wunde paßt. „Cardillac ist, spricht Olivier, in der Nacht vor meinen Augen niedergestoßen worden. – Man wollte ihn berauben? Das weiß ich nicht! – Du gingst mit ihm, und es war dir nicht möglich, dem Mörder zu wehren? – ihn fest zu halten? um Hülfe zu rufen? Fünfzehn, wohl zwanzig Schritte vor mir ging der Meister, ich folgte ihm.

Warum in aller Welt so entfernt? – Der Meister wollt' es so. Was hatte überhaupt Meister Cardillac so spät auf der Straße zu thun? – Das kann ich nicht sagen. Sonst ist er aber doch niemals nach neun Uhr Abends aus dem Hause gekommen? – Hier stockt Olivier, er ist bestürzt, er seufzt, er vergießt Thränen, er betheuert bei allem, was heilig, daß Cardillac wirklich in jener Nacht ausgegangen sey, und seinen Tod gefunden habe." Nun merkt aber wohl auf, mein Fräulein. Erwiesen ist es bis zur vollkommensten Gewißheit, daß Cardillac in jener Nacht das Haus nicht verließ, mithin Oliviers Behauptung, er sey mit ihm wirklich ausgegangen, eine freche Lüge ist. Die Hausthüre ist mit einem schweren Schloß versehen, welches bei dem Auf- und Zuschließen ein durchdringendes Geräusch macht, dann aber bewegt sich der Thürflügel widrig knarrend und heulend in den Angeln, so daß, wie es angestellte Versuche bewährt haben, selbst im obersten Stock des Hauses das Getöse wiederhallt. Nun wohnt in dem untersten Stock, also dicht neben der Hausthüre, der alte Meister Claude Patru mit seiner Aufwärterin, einer Person von beinahe achtzig Jahren, aber noch munter und rührig. Diese beiden Personen hörten, wie Cardillac nach seiner gewöhnlichen Weise an jenem Abend Punkt neun Uhr die Treppe hinab kam, die Thüre mit vielem Geräusch verschloß und verrammelte, dann wieder hinauf stieg, den Abendsegen laut las und dann, wie man es an dem Zuschlagen der Thüre vernehmen konnte, in sein Schlafzimmer ging. Meister Claude leidet an Schlaflosigkeit, wie es allen alten Leuten wohl zu gehen pflegt. Auch in jener Nacht konnte er kein Auge zuthun. Die Aufwärterin schlug daher, es mochte halb zehn Uhr seyn, in der Küche, in die sie über den Hausflur gehend gelangt, Licht an und setzte sich zum Meister Claude an den Tisch mit einer alten Chronik, in der sie las, während der Alte seinen Gedanken nachhängend bald sich in den Lehnstuhl setzte, bald wieder aufstand und um Müdigkeit und Schlaf zu gewinnen im Zimmer leise und langsam auf und abschritt. Es blieb alles still und ruhig bis nach Mitternacht. Da hörte sie über sich scharfe Tritte, einen harten Fall, als stürze eine schwere Last zu Boden, und gleich darauf ein dumpfes Stöhnen. In Beide kam eine seltsame Angst und Beklommenheit. Die Schauer der entsetzlichen That, die eben begangen, gingen bei ihnen vorüber. – Mit dem hellen Morgen trat dann ans Licht, was in der Finsterniß begonnen. – Aber, fiel die Scuderi ein, aber um aller Heiligen willen, könnt ihr bei allen Umständen, die ich erst weitläuftig erzählte, Euch denn irgend einen Anlaß zu dieser That der Hölle denken? – Hm, erwiederte la Regnie, Cardillac war nicht arm – im Besitz vortrefflicher Steine. Bekam, fuhr die Scuderi fort, bekam denn nicht alles die Tochter? – Ihr vergeßt, daß Olivier Cardillacs Schwiegersohn werden sollte. Er mußte vielleicht theilen oder gar nur für Andere morden, sprach la Regnie. Theilen, für Andere morden? fragte die Scuderi in vollem Erstaunen. Wißt, fuhr der Präsident fort, wißt mein Fräulein! daß Olivier schon längst geblutet hätte auf dem Greveplatz, stünde seine That nicht in Beziehung mit dem dicht verschleierten Geheimniß, das bisher so bedrohlich über ganz Paris waltete. Olivier gehört offenbar zu jener verruchten Bande, die alle Aufmerksamkeit, alle Mühe, alles Forschen der Gerichtshöfe verspottend ihre Streiche sicher und ungestraft zu führen wußte. Durch ihn wird – muß Alles klar werden. Die Wunde Cardillacs ist denen ganz ähnlich, die alle auf der Straße, in den Häusern Ermordete und Beraubte trugen. Dann aber das Entscheidendste, seit der Zeit, daß Olivier Brußon verhaftet ist, haben alle Mordthaten, alle Beraubungen aufgehört. Sicher sind die Straßen zur Nachtzeit wie am Tage. Beweis genug, daß Olivier vielleicht an der Spitze jener Mordbande stand. Noch will er nicht bekennen, aber es gibt Mittel, ihn sprechen zu machen wider seinen Willen. Und Madelon, rief die Scuderi, und Madelon, die treue, unschuldige Taube. – Ei, sprach la

Regnie mit einem giftigen Lächeln, ei wer steht mir dafür, daß sie nicht mit im Complott ist. Was ist ihr an dem Vater gelegen, nur dem Mordbuben gelten ihre Thränen. Was sagt ihr, schrie die Scuderi, es ist nicht möglich; den Vater! dieses Mädchen! – O! fuhr la Regnie fort, o! denkt doch nur an die Brinvillier! Ihr möget es mir verzeihen, wenn ich mich vielleicht bald genöthigt sehe, Euch Euern Schützling zu entreissen und in die Conciergerie werfen zu lassen. – Der Scuderi ging ein Graußen an bei diesem entsetzlichen Verdacht. Es war ihr, als könne vor diesem schrecklichen Manne keine Treue, keine Tugend bestehen, als spräche er in den tiefsten, geheimsten Gedanken Mord und Blutschuld. Sie stand auf. Seyd menschlich, das war Alles, was sie beklommen, mühsam athmend hervorbringen konnte. Schon im Begriff, die Treppe hinabzusteigen, bis zu der der Präsident sie mit zeremoniöser Artigkeit begleitet hatte, kam ihr, selbst wußte sie nicht wie, ein seltsamer Gedanke. „Würd' es mir wohl erlaubt seyn, den unglücklichen Olivier Brußon zu sehen?" So fragte sie den Präsidenten sich rasch umwendend. Dieser schaute sie mit bedenklicher Miene an, dann verzog sich sein Gesicht in jenes widrige Lächeln, das ihm eigen. „Gewiß, sprach er, gewiß wollt Ihr nun, mein würdiges Fräulein, Euerm Gefühl, der innern Stimme mehr vertrauend als dem, was vor unsern Augen geschehen, selbst Oliviers Schuld oder Unschuld prüfen. Scheut ihr nicht den düstern Aufenthalt des Verbrechens, ist es Euch nicht gehässig, die Bilder der Verworfenheit in allen Abstufungen zu sehen, so sollen für Euch in zwei Stunden die Thore der Conciergerie offen seyn. Man wird Euch diesen Olivier, dessen Schicksal Eure Theilnahme erregt, vorstellen."

In der That konnte sich die Scuderi von der Schuld des jungen Menschen nicht überzeugen. Alles sprach wider ihn, ja kein Richter in der Welt hätte anders gehandelt, wie la Regnie, bei solch entscheidenden Thatsachen. Aber das Bild häuslichen Glücks, wie es Madelon mit den lebendigsten Zügen der Scuderi vor Augen gestellt, überstrahlte jeden bösen Verdacht, und so mochte sie lieber ein unerklärliches Geheimniß annehmen, als daran glauben, wogegen ihr ganzes Inneres sich empörte.

Sie gedachte, sich von Olivier noch einmal Alles, wie es sich in jener verhängnißvollen Nacht begeben, erzählen zu lassen, und so viel möglich in ein Geheimniß zu dringen, das vielleicht den Richtern verschlossen geblieben, weil es werthlos schien, sich weiter darum zu bekümmern.

In der Conciergerie angekommen, führte man die Scuderi in ein großes, helles Gemach. Nicht lange darauf vernahm sie Kettengerassel. Olivier Brußon wurde gebracht. Doch so wie er in die Thüre trat, sank auch die Scuderi ohnmächtig nieder. Als sie sich erholt hatte, war Olivier verschwunden. Sie verlangte mit Heftigkeit, daß man sie nach dem Wagen bringe, fort, augenblicklich fort wollte sie aus den Gemächern der frevelnden Verruchtheit. Ach! – auf den ersten Blick hatte sie in Olivier Brußon den Jungen Menschen erkannt, der auf dem Pontneuf jenes Blatt ihr in den Wagen geworfen, der ihr das Kästchen mit den Juwelen gebracht hatte. – Nun war ja jeder Zweifel gehoben, la Regnies schreckliche Vermuthung ganz bestättigt. Olivier Brußon gehört zu der fürchterlichen Mordbande, gewiß ermordete er auch den Meister! – Und Madelon? – So bitter noch nie vom innern Gefühl getäuscht, auf den Tod angepackt von der höllischen Macht auf Erden, an deren Daseyn sie nicht geglaubt, verzweifelte die Scuderi an aller Wahrheit. Sie gab Raum dem entsetzlichen Verdacht, daß Madelon mit verschworen seyn und Theil haben könne an der gräßlichen Blutschuld. Wie es denn geschieht, daß der menschliche Geist, ist ihm ein Bild aufgegangen, ämsig Farben sucht und findet, es greller und greller auszumahlen, so fand auch die Scuderi, jeden Umstand der That, Madelons Betragen in den kleinsten Zügen erwägend, gar Vieles, jenen Verdacht zu nähren.

So wurde Manches, was ihr bisher als Beweis der Unschuld und Reinheit gegolten, sicheres Merkmal frevelicher Bosheit, studierter Heuchelei. Jener herzzerreißende Jammer, die blutigen Thränen konnten wohl erpreßt seyn von der Todesangst, nicht den Geliebten bluten zu sehen, nein – selbst zu fallen unter der Hand des Henkers. Gleich sich die Schlange, die sie im Busen nähre, vom Halse zu schaffen; mit diesem Entschluß stieg die Scuderi aus dem Wagen. In ihr Gemach eingetreten warf Madelon sich ihr zu Füßen. Die Himmelsaugen, ein Engel Gottes hat sie nicht treuer, zu ihr emporgerichtet, die Hände vor der wallenden Brust zusammengefaltet, jammerte und flehte sie laut um Hülfe und Trost. Die Scuderi sich mühsam zusammenfassend sprach, indem sie dem Ton ihrer Stimme so viel Ernst und Ruhe zu geben suchte, als ihr möglich: Geh' – geh' – tröste dich nur über den Mörder, den die gerechte Strafe seiner Schandthaten erwartet – Die heilige Jungfrau möge verhüten, daß nicht auf dir selbst eine Blutschuld schwer laste. „Ach nun ist alles verloren!" – Mit diesem gellenden Ausruf stürzte Madelon ohnmächtig zu Boden. Die Scuderi überließ die Sorge um das Mädchen der Martiniere und entfernte sich in ein anderes Gemach. –

Ganz zerrissen im Innern, entzweit mit allem Irdischen wünschte die Scuderi, nicht mehr in einer Welt voll höllischen Truges zu leben. Sie klagte das Verhängniß an, das in bitterm Hohn ihr so viele Jahre vergönnt, ihren Glauben an Tugend und Treue zu stärken, und nun in ihrem Alter das schöne Bild vernichte, welches ihr im Leben geleuchtet.

Sie vernahm, wie die Martiniere Madelon fortbrachte, die leise seufzte und jammerte: Ach! – auch sie – auch sie haben die Grausamen bethört. – Ich Elende – armer, unglücklicher Olivier! – Die Töne drangen der Scuderi ins Herz, und aufs neue regte sich aus dem tiefsten Innern heraus die Ahnung eines Geheimnisses, der Glaube an Oliviers Unschuld. Bedrängt von den widersprechenden Gefühlen, ganz ausser sich rief die Scuderi: Welcher Geist der Hölle hat mich in die entsetzliche Geschichte verwickelt, die mir das Leben kosten wird! – In dem Augenblick trat Baptiste hinein, bleich und erschrocken, mit der Nachricht, daß Desgrais draussen sey. Seit dem abscheulichen Prozeß der la Voisin war Desgrais Erscheinung in einem Hause der gewiße Vorbote irgend einer peinlichen Anklage, daher kam Baptiste's Schreck, deshalb fragte ihn das Fräulein mit mildem Lächeln: Was ist dir Baptiste? – Nicht wahr! – der Name Scuderi befand sich auf der Liste der la Voisin? Ach um Christus willen, erwiederte Baptiste, am ganzen Leibe zitternd, wie möget Ihr nur so etwas aussprechen, aber Desgrais – der entsetzliche Desgrais, thut so geheimnißvoll, so dringend, er scheint es gar nicht erwarten zu können, Euch zu sehen! – Nun, sprach die Scuderi, nun Baptiste, so führt ihn nur gleich herein den Menschen, der Euch so fürchterlich ist, und der mir wenigstens keine Besorgniß erregen kann. – Der Präsident, sprach Desgrais, als er ins Gemach getreten, der Präsident la Regnie schickt mich zu Euch, mein Fräulein, mit einer Bitte, auf deren Erfüllung er gar nicht hoffen würde, kennte er nicht Euere Rechtschaffenheit, Euern Muth, läge nicht das letzte Mittel, eine böse Blutschuld an den Tag zu bringen, in Euern Händen, hättet Ihr nicht selbst schon Theil genommen an dem bösen Prozeß, der die Chambre ardente, uns alle in Athem hält. Olivier Brußon, seit dem er Euch gesehen hat, ist halb rasend. So sehr er schon zum Bekenntniß sich zu neigen schien, so schwört er doch jetzt aufs neue bei Christus und allen Heiligen, daß er an dem Morde Cardillacs ganz unschuldig sey, wiewohl er den Tod gern leiden wolle, den er verdient habe. Bemerkt, mein Fräulein, daß der letzte Zusatz offenbar auf andere Verbrechen deutet, die auf ihm lasten. Doch vergebens ist alle Mühe, nur ein Wort weiter herauszubringen, selbst die Drohung mit der Tortur hat nichts gefruchtet. Er fleht, er beschwört uns, ihm eine Unterredung mit Euch zu verschaffen, Euch nur,

Euch allein will er Alles gestehen. Laßt Euch herab, mein Fräulein, Brußons Bekenntniß zu hören. Wie! rief die Scuderi ganz entrüstet, soll ich dem Blutgericht zum Organ dienen, soll ich das Vertrauen des unglücklichen Menschen mißbrauchen, ihn aufs Blutgerüst zu bringen? – Nein Desgrais! – mag Brußon auch ein verruchter Mörder seyn, nie wär' es mir doch möglich, ihn so spitzbübisch zu hintergehen. Nichts mag ich von seinen Geheimnissen erfahren, die wie eine heilige Beichte in meiner Brust verschlossen bleiben würden. Vielleicht, versetzte Desgrais mit einem feinen Lächeln, vielleicht, mein Fräulein, ändert sich Eure Gesinnung, wenn Ihr Brußon gehört habt. Batet Ihr den Präsident nicht selbst, er sollte menschlich seyn? Er thut es, indem er dem thörichten Verlangen Brußons nachgibt, und so das letzte Mittel versucht, ehe er die Tortur verhängt, zu der Brußon längst reif ist. Die Scuderi schrack unwillkührlich zusammen. Seht, fuhr Desgrais fort, seht, würdige Dame, man wird Euch keineswegs zumuthen, noch einmal in jene finstere Gemächer zu treten, die Euch mit Grausen und Abscheu erfüllen. In der Stille der Nacht, ohne alles Aufsehen bringt man Olivier Brußon wie einen freien Menschen zu Euch in Euer Haus. Nicht einmal belauscht, doch wohl bewacht mag er Euch dann zwanglos Alles bekennen, was auf ihm lastet. Daß Ihr für Euch selbst nichts von dem Elenden zu fürchten habt, dafür stehe ich Euch mit meinem Leben ein. Er spricht von Euch mit inbrünstiger Verehrung. Er schwört, daß nur das düstre Verhängniß, welches ihm verwehrt habe, Euch früher zu sehen, ihn in den Tod gestürzt. Und dann steht es ja bei Euch, von dem, was Euch Brußon entdeckt, so viel zu sagen, als Euch beliebt. Kann man Euch zu mehrerem zwingen?

Die Scuderi sah tief sinnend vor sich nieder. Es war ihr, als müsse sie der höheren Macht gehorchen, die den Aufschluß irgend eines entsetzlichen Geheimnisses von ihr verlange, als könne sie sich nicht mehr den wunderbaren Verschlingungen entziehen, in die sie willenlos gerathen. Plötzlich entschlossen sprach sie mit Würde: Gott wird mir Fassung und Standhaftigkeit geben; führt den Brußon her, ich will ihn sprechen.

So wie damals, als Brußon das Kästchen brachte, wurde um Mitternacht an die Hausthüre der Scuderi gepocht. Baptiste, von dem nächtlichen Besuch unterrichtet, öffnete. Eiskalter Schauer überlief die Scuderi, als sie an den leisen Tritten, an dem dumpfen Gemurmel wahrnahm, daß die Wächter, die den Brußon gebracht, sich in den Gängen des Hauses vertheilten.

Endlich ging leise die Thüre des Gemachs auf. Desgrais trat herein, hinter ihm Olivier Brußon, fesselfrei, in anständigen Kleidern. Hier ist, sprach Desgrais, sich ehrerbietig verneigend, hier ist Brußon, mein würdiges Fräulein! und verließ das Zimmer.

Brußon sank vor der Scuderi nieder auf beide Knie, flehend erhob er die gefalteten Hände, indem häufige Thränen ihm aus den Augen rannen.

Die Scuderi schaute erblaßt, keines Wortes mächtig, auf ihn herab. Selbst bei den entstellten, ja durch Gram, durch grimmen Schmerz verzerrten Zügen strahlte der reine Ausdruck des treusten Gemüths aus dem Jünglingsantlitz. Je länger die Scuderi ihre Augen auf Brußons Gesicht ruhen ließ, desto lebhafter trat die Erinnerung an irgend eine geliebte Person hervor, auf die sie sich nur nicht deutlich zu besinnen vermochte. Alle Schauer wichen von ihr, sie vergaß, daß Cardillacs Mörder vor ihr kniete, sie sprach mit dem anmuthigen Tone des ruhigen Wohlwollens, der ihr eigen: Nun, Brußon, was habt ihr mir zu sagen? Dieser, noch immer kniend, seufzte auf vor tiefer, inbrünstiger Wehmuth und sprach dann: O mein würdiges, mein hochverehrtes Fräulein, ist denn jede Spur der Erinnerung an mich verflogen? Die Scuderi, ihn noch aufmerksamer betrachtend, erwiederte, daß sie allerdings in seinen Zügen die Aehnlichkeit mit einer von ihr geliebten Person gefunden, und daß er nur dieser Aehnlichkeit es verdanke, wenn sie den tiefen Abscheu vor dem Mörder überwinde und ihn ruhig anhöre. Brußon, schwer verletzt durch diese Worte, erhob sich schnell und trat, den finstern Blick zu Boden gesenkt, einen Schritt zurück. Dann sprach er mit dumpfer Stimme: Habt ihr denn Anne Guiot ganz vergessen? – ihr Sohn Olivier – der Knabe, den Ihr oft auf Euern Knien schaukeltet, ist es, der vor Euch steht. „O um aller Heiligen willen!" rief die Scuderi, indem sie mit beiden Händen das Gesicht bedeckend in die Polster zurücksank. Das Fräulein hatte wohl Ursache genug, sich auf diese Weise zu entsetzen. Anne Guiot, die Tochter eines verarmten Bürgers, war von klein auf bei der Scuderi, die sie, wie die Mutter das liebe Kind, erzog mit aller Treue und Sorgfalt. Als sie nun herangewachsen, fand sich ein hübscher sittiger Jüngling, Claude Brußon geheißen, ein, der um das Mädchen warb. Da er nun ein grundgeschickter Uhrmacher war, der sein reichliches Brod in Paris finden mußte, Anne ihn auch herzlich lieb gewonnen hatte, so trug die Scuderi gar kein Bedenken, in die Heirath ihrer Pflegetochter zu willigen. Die jungen Leute richteten sich ein, lebten in stiller, glücklicher Häuslichkeit, und was den Liebesbund noch fester knüpfte, war die Geburt eines wunderschönen Knaben, der holden Mutter treues Ebenbild.

Einen Abgott machte die Scuderi aus dem kleinen Olivier, den sie Stunden, Tage lang der Mutter entriß, um ihn zu liebkosen, zu hätscheln. Daher kam es, daß der Junge sich ganz an sie gewöhnte, und eben so gern bei ihr war, als bei der Mutter. Drei Jahre waren vorüber, als der Brodneid der Kunstgenossen Brußons es dahin brachte, daß seine Arbeit mit jedem Tage abnahm, so daß er zuletzt kaum sich kümmerlich ernähren konnte. Dazu kam die Sehnsucht nach seinem schönen heimatlichen Genf, und so geschah es, daß die kleine Familie dorthin zog, des Widerstrebens der Scuderi, die alle nur mögliche Unterstützung versprach, unerachtet. Noch ein paarmal schrieb Anne an ihre Pflegemutter, dann schwieg sie, und diese mußte glauben, daß das glückliche Leben in Brußons Heimat das Andenken an die früher verlebten Tage nicht mehr aufkommen lasse.

Es waren jetzt gerade drei und zwanzig Jahre her, als Brußon mit seinem Weibe und Kinde Paris verlassen und nach Genf gezogen.

O entsetzlich, rief die Scuderi, als sie sich einigermaßen wieder erholt hatte, o entsetzlich! – Olivier bist du? – der Sohn meiner Anne! – Und jetzt! – „Wohl, versetzte Olivier ruhig und gefaßt, wohl, mein würdiges Fräulein, hättet Ihr nimmer mehr ahnen können, daß der Knabe, den Ihr wie die zärtlichste Mutter hätscheltet, dem Ihr, auf Euerm Schooß ihn schaukelnd, Näscherei auf Näscherei in den Mund stecktet, dem Ihr die süßesten Namen gabt, zum Jünglinge gereift dereinst vor Euch stehen würde, gräßlicher Blutschuld angeklagt! – Ich bin nicht vorwurfsfrei, die Chambre ardente kann mich mit Recht eines Verbrechens zeihen; aber, so wahr ich selig zu sterben hoffe, sey es auch durch des Henkers Hand, rein bin ich von jeder Blutschuld, nicht durch mich, nicht durch mein Verschulden fiel der unglückliche Cardillac!" – Olivier gerieth bei diesen Worten in ein Zittern und Schwanken. Stillschweigend wies die Scuderi auf einen kleinen Sessel, der Olivier zur Seite stand. Er ließ sich langsam nieder.

„Ich hatte Zeit genug, fieng er an, mich auf die Unterredung mit Euch, die ich als die letzte Gunst des versöhnten Himmels betrachte, vorzubereiten, und so viel Ruhe und Fassung zu gewinnen als nöthig, Euch die Geschichte meines entsetzlichen, unerhörten Mißgeschicks zu erzählen. Erzeigt mir die Barmherzigkeit, mich ruhig anzuhören, so sehr Euch auch die Entdekkung eines Geheimnisses, das Ihr gewiß nicht geahnet, überraschen, ja mit Grausen erfüllen mag. – Hätte mein armer Vater Paris doch niemals verlassen! – So weit meine Erinnerung an Genf reicht, finde ich mich wieder, von den trostlosen Eltern mit Thränen benetzt, von ihren Klagen, die ich nicht verstand, selbst zu Thränen gebracht. Später kam mir das deutliche Gefühl, das volle Bewußtseyn des drückendsten Mangels, des tiefen Elends, in dem meine Eltern lebten. Mein Vater fand sich in allen seinen Hoffnungen getäuscht. Von tiefem Gram niedergebeugt, erdrückt, starb er in dem Augenblick, als es ihm gelungen war, mich bei einem Goldschmid als Lehrjunge unterzubringen. Meine Mutter sprach viel von Euch, sie wollte Euch Alles klagen, aber dann überfiel sie die Muthlosigkeit, welche vom Elend erzeugt wird. Das und auch wohl falsche Scham, die oft an dem todtwunden Gemüthe nagt, hielt sie von ihrem Entschluß zurück. Wenige Monden nach dem Tod meines Vaters folgte ihm meine Mutter ins Grab." Arme Anne! arme Anne! rief die Scuderi von Schmerz überwältigt. „Dank und Preis der ewigen Macht des Himmels, daß sie hinüber ist, und nicht fallen sieht den geliebten Sohn unter der Hand des Henkers, mit Schande gebranntmarkt." So schrie Olivier laut auf, indem er einen wilden, entsetzlichen Blick in die Höhe warf. Es wurde draussen unruhig, man ging hin und her. „Ho ho, sprach Olivier mit einem bittern Lächeln, Desgrais weckt seine Spießgesellen, als ob ich hier entfliehen könnte. –

Doch weiter! – Ich wurde von meinem Meister hart gehalten, unerachtet ich bald am besten arbeitete, ja wohl endlich den Meister weit übertraf. Es begab sich, daß einst ein Fremder in unsere Werkstatt kam, um einiges Geschmeide zu kaufen. Als der nun einen schönen Halsschmuck sah, den ich gearbeitet, klopfte er mir mit freundlicher Miene auf die Schultern, indem er, den Schmuck beäugelnd, sprach: Ei ei! mein junger Freund, das ist ja ganz vortreffliche Arbeit. Ich wüßte in der That nicht, wer Euch noch anders übertreffen sollte, als René Cardillac, der freilich der erste Goldschmid ist, den es auf der Welt gibt. Zu dem solltet Ihr hingehen; mit Freuden nimmt er Euch in seine Werkstatt, denn nur Ihr könnt ihm beistehen in seiner kunstvollen Arbeit, und nur von ihm allein könnt Ihr dagegen noch lernen. Die Worte des Fremden waren tief in meine Seele gefallen. Ich hatte keine Ruhe mehr in Genf, mich zog es fort mit Gewalt. Endlich gelang es mir, mich von meinem Meister los zu machen. Ich kam nach Paris. René Cardillac empfing mich kalt und barsch. Ich ließ nicht nach, er mußte mir Arbeit geben, so geringfügig sie auch seyn mochte. Ich sollte einen kleinen Ring fertigen. Als ich ihm die Arbeit brachte, sah er mich starr an mit seinen funkelnden Augen, als wollt' er hineinschauen in mein Innerstes. Dann sprach er: Du bist ein tüchtiger, wackerer Geselle, Du kannst zu mir ziehen und mir helfen in der Werkstatt. Ich zahle Dir gut, Du wirst mit mir zufrieden seyn. Cardillac hielt Wort. Schon mehrere Wochen war ich bei ihm, ohne Madelon gesehen zu haben, die, irr' ich nicht, auf dem Lande bei irgend einer Muhme Cardillacs damals sich aufhielt. Endlich kam sie. O du ewige Macht des Himmels, wie geschah mir, als ich das Engelsbild sah! – Hat je ein Mensch so geliebt als ich! Und nun! – O Madelon!"

Olivier konnte vor Wehmuth nicht weiter sprechen. Er hielt beide Hände vors Gesicht und schluchzte heftig. Endlich mit Gewalt den wilden Schmerz, der ihn erfaßt, niederkämpfend, sprach er weiter.

„Madelon blickte mich an mit freundlichen Augen. Sie kam öfter und öfter in die Werkstatt. Mit Entzükken gewahrte ich ihre Liebe. So streng der Vater uns bewachte, mancher verstohlne Händedruck galt als Zeichen des geschlossenen Bundes. Cardillac schien nichts zu merken. Ich gedachte, hätte ich erst seine Gunst gewonnen, und konnte ich die Meisterschaft erlangen, um Madelon zu werben. Eines Morgens, als ich meine Arbeit beginnen wollte, trat Cardillac vor mich hin, Zorn und Verachtung im finstern Blick. Ich bedarf Deiner Arbeit nicht mehr, fing er an, fort aus dem Hause noch in dieser Stunde, und laß Dich nie mehr vor meinen Augen sehen. Warum ich Dich hier nicht mehr dulden kann, brauche ich Dir nicht zu sagen. Für Dich armen Schlucker hängt die süße Frucht zu hoch, nach der Du trachtest! Ich wollte reden, er packte mich aber mit starker Faust und warf mich zur Thüre hinaus, daß ich niederstürzte und mich hart verwundete an Kopf und Arm. – Empört, zerrissen vom grimmen Schmerz verließ ich das Haus, und fand endlich am äussersten Ende der Vorstadt St. Martin einen gutmüthigen Bekannten, der mich aufnahm in seine Bodenkammer. Ich hatte keine Ruhe, keine Rast. Zur Nachtzeit umschlich ich Cardillacs Haus, wähnend, daß Madelon meine Seufzer, meine Klage vernehmen, daß es ihr vielleicht gelingen werde, mich vom Fenster herab unbelauscht zu sprechen. Allerlei verwogene Pläne kreuzten in meinem Gehirn, zu deren Ausführung ich sie zu bereden hoffte. An Cardillacs Haus in der Straße Nicaise schließt sich eine hohe Mauer mit Blenden und alten, halb zerstükkelten Steinbildern darin. Dicht bei einem solchen Steinbilde stehe ich in einer Nacht und sehe hinauf nach den Fenstern des Hauses, die in den Hof gehen, den die Mauer einschließt. Da gewahre ich plötzlich Licht in Cardillacs Werkstatt. Es ist Mitternacht, nie war sonst Cardillac zu dieser Stunde wach, er pflegte sich auf den Schlag neun Uhr zur Ruhe zu begeben. Mir pocht das

Herz vor banger Ahnung, ich denke an irgend ein Ereigniß, das mir vielleicht den Eingang bahnt. Doch gleich verschwindet das Licht wieder. Ich drücke mich an das Steinbild, in die Blende hinein, doch entsetzt pralle ich zurück, als ich einen Gegendruck fühle, als sey das Bild lebendig worden. In dem dämmernden Schimmer der Nacht gewahre ich nun, daß der Stein sich langsam dreht, und hinter demselben eine finstere Gestalt hervorschlüpft, die leisen Trittes die Straße hinabgeht. Ich springe an das Steinbild hinan, es steht wie zuvor dicht an der Mauer. Unwillkührlich, wie von einer innern Macht getrieben, schleiche ich hinter der Gestalt her. Gerade bei einem Marienbild schaut die Gestalt sich um, der volle Schein der hellen Lampe, die vor dem Bilde brennt, fällt ihr ins Antlitz. Es ist Cardillac! Eine unbegreifliche Angst, ein unheimliches Grauen überfällt mich. Wie durch Zauber fest gebannt muß ich fort – nach – dem gespenstischen Nachtwanderer. Dafür halte ich den Meister, unerachtet nicht die Zeit des Vollmonds ist, in der solcher Spuck die Schlafenden bethört. Endlich verschwindet Cardillac seitwärts in den tiefen Schatten. An einem kleinen, wiewohl bekannten Räuspern gewahre ich indessen, daß er in die Einfahrt eines Hauses getreten ist. Was bedeutet das, was wird er beginnen? – So frage ich mich selbst voll Erstaunen, und drücke mich dicht an die Häuser. Nicht lange dauerts, so kommt singend und trillerirend ein Mann daher mit leuchtendem Federbusch und klirrenden Sporen. Wie ein Tiger auf seinen Raub, stürzt sich Cardillac aus seinem Schlupfwinkel auf den Mann, der in demselben Augenblick röchelnd zu Boden sinkt. Mit einem Schrei des Entsetzens springe ich heran, Cardillac ist über den Mann, der zu Boden liegt, her. Meister Cardillac, was thut ihr, rufe ich laut. „Vermaledeiter!" brüllt Cardillac, rennt mit Blitzesschnelle bei mir vorbei und verschwindet. Ganz ausser mir, kaum der Schritte mächtig, nähere ich mich dem Niedergeworfenen. Ich knie bei ihm nieder, vielleicht, denk' ich, ist er noch zu retten, aber keine Spur des Lebens ist mehr in ihm. In meiner Todesangst gewahre ich kaum, daß mich die Marechaussee umringt hat. „Schon wieder einer von den Teufeln niedergestreckt – he he – junger Mensch, was machst du da – bist einer von der Bande? – fort mit dir!" So schrien sie durcheinander und packen mich an. Kaum vermag ich zu stammeln, daß ich solche gräßliche Unthat ja gar nicht hätte begehen können, und daß sie mich im Frieden ziehen lassen möchten. Da leuchtet mir einer ins Gesicht und ruft lachend: Das ist Olivier Brußon der Goldschmidsgeselle, der bei unserm ehrlichen, braven Meister René Cardillac arbeitet! – ja – der wird die Leute auf der Straße morden! – sieht mir recht darnach aus – ist recht nach der Art der Mordbuben, daß sie beim Leichnam lamentiren und sich fangen lassen werden. – Wie war's Junge? – erzähle dreist. „Dicht vor mir, sprach ich, sprang ein Mensch auf den dort los, stieß ihn nieder und rannte blitzschnell davon, als ich laut aufschrie. Ich wollt' doch sehen, ob der Niedergeworfene noch zu retten wäre." Nein, mein Sohn, ruft einer von denen, die den Leichnam aufgehoben, der ist hin, durchs Herz, wie gewöhnlich, geht der Dolchstich. Teufel, spricht ein anderer, kamen wir doch wieder zu spät wie vorgestern; damit entfernen sie sich mit dem Leichnam.

Wie mir zu Muthe war, kann ich gar nicht sagen; ich fühlte mich an, ob nicht ein böser Traum mich necke, es war mir, als müßt ich nun gleich erwachen und mich wundern über das tolle Trugbild. – Cardillac – der Vater meiner Madelon, ein verruchter Mörder! – Ich war kraftlos auf die steinernen Stufen eines Hauses gesunken. Immer mehr und mehr dämmerte der Morgen herauf, ein Offizierhut, reich mit Federn geschmückt, lag vor mir auf dem Pflaster. Cardillacs blutige That, auf der Stelle begangen, wo ich saß, ging vor mir hell auf. Entsetzt rannte ich von dannen.

Ganz verwirrt, beinahe besinnungslos sitze ich in meiner Dachkammer, da geht die Thür auf und René Cardillac tritt herein. Um Christus willen! was wollt ihr? schrie ich ihm entgegen. Er, das gar nicht achtend, kommt auf mich zu und lächelt mich an mit einer Ruhe und Leutseligkeit, die meinen innern Abscheu vermehrt. Er rückt sich einen alten, gebrechlichen Schemmel heran und setzt sich zu mir, der ich nicht vermag, mich von dem Strohlager zu erheben, auf das ich mich geworfen. „Nun Olivier, fängt er an, „wie geht es dir, armer Junge? Ich habe mich in der That garstig übereilt, als ich dich aus dem Hause stieß, du fehlst mir an allen Ecken und Enden. Eben jetzt habe ich ein Werk vor, das ich ohne deine Hülfe gar nicht vollenden kann. Wie wär's, wenn du wieder in meiner Werkstatt arbeitetest? – Du schweigst? – Ja ich weiß, ich habe dich beleidigt. Nicht verheelen wollt' ich's dir, daß ich auf dich zornig war, wegen der Liebelei mit meiner Madelon. Doch recht überlegt habe ich mir das Ding nachher, und gefunden, daß bei deiner Geschicklichkeit, deinem Fleiß, deiner Treue ich mir keinen bessern Eidam wünschen kann als eben dich. Komm also mit mir und siehe zu, wie du Madelon zur Frau gewinnen magst."

Cardillacs Worte durchschnitten mir das Herz, ich erbebte vor seiner Bosheit, ich konnte kein Wort hervorbringen. „Du zauderst, fuhr er nun fort mit scharfem Ton, indem seine funkelnden Augen mich durchbohren, du zauderst? – du kannst vielleicht heute noch nicht mit mir kommen, du hast andere Dinge vor! – du willst vielleicht Desgrais besuchen, oder dich gar einführen lassen bei d'Argenson oder la Regnie. Nimm dich in Acht, Bursche, daß die Krallen, die du hervorlocken willst zu anderer Leute Verderben, dich nicht selbst fassen und zerreissen." Da macht sich mein tief empörtes Gemüth plötzlich Luft. Mögen die, rufe ich, mögen die, die sich gräßlicher Unthat bewußt sind, jene Namen fühlen, die Ihr eben nanntet, ich darf das nicht – ich habe nichts mit ihnen zu schaffen. „Eigentlich, spricht Cardillac weiter, eigentlich, Olivier, macht es dir Ehre, wenn du bei mir arbeitest, bei mir, dem berühmtesten Meister seiner Zeit, überall hochgeachtet wegen seiner Treue und Rechtschaffenheit, so daß jede böse Verläumdung schwer zurückfallen würde auf das Haupt des Verläumders. – Was nun Madelon betrifft, so muß ich dir nur gestehen, daß du meine Nachgiebigkeit ihr allein verdankest. Sie liebt dich mit einer Heftigkeit, die ich dem zarten Kinde gar nicht zutrauen konnte. Gleich als du fort warst, fiel sie mir zu Füßen, umschlang meine Knie und gestand unter tausend Thränen, daß sie ohne dich nicht leben könne. Ich dachte, sie bilde sich das nur ein, wie es denn bei jungen verliebten Dingern zu geschehen pflegt, daß sie gleich sterben wollen, wenn das erste Milchgesicht sie freundlich angeblickt. Aber in der That, meine Madelon wurde siech und krank, und wie ich ihr denn das tolle Zeug ausreden wollte, rief sie hundertmal deinen Namen. Was konnt' ich endlich thun, wollt' ich sie nicht verzweifeln lassen. Gestern Abend sagt' ich ihr, ich willige in Alles und werde dich heute holen. Da ist sie über Nacht aufgeblüht wie eine Rose, und harrt nun auf dich ganz ausser sich vor Liebessehnsucht." – Mag es mir die ewige Macht des Himmels verzeihen, aber selbst weiß ich nicht, wie es geschah, daß ich plötzlich in Cardillacs Hause stand, daß Madelon laut aufjauchzend: Olivier – mein Olivier – mein Geliebter – mein Gatte auf mich gestürzt, mich mit beiden Armen umschlang, mich fest an ihre Brust drückte, daß ich im Uebermaaß des höchsten Entzükkens bei der Jungfrau und allen Heiligen schwor, sie nimmer, nimmer zu verlassen!"

Erschüttert von dem Andenken an diesen entscheidenden Augenblick mußte Olivier innehalten. Die Scuderi, von Grausen erfüllt über die Unthat eines Mannes, den sie für die Tugend, die Rechtschaffenheit selbst gehalten, rief: Entsetzlich! – René Cardillac gehört zu der Mordbande, die unsere gute Stadt so lange zur Räuberhöhle machte? „Was sagt ihr, mein Fräulein, sprach Olivier, zur Bande? Nie hat es eine solche Bande gegeben. Cardillac allein war es, der mit verruchter Thätigkeit in der ganzen Stadt seine Schlachtopfer suchte und fand. Daß er es allein war, darin liegt die Sicherheit, womit er seine Streiche führte, die unüberwundene Schwürigkeit, dem Mörder auf die Spur zu kommen. – Doch laßt mich fortfahren, der Verfolg wird Euch die Geheimnisse des verruchtesten und zugleich unglücklichsten aller Menschen aufklären. – Die Lage, in der ich mich nun bei dem Meister befand, jeder mag die sich leicht denken. Der Schritt war geschehen, ich konnte nicht mehr zurück. Zuweilen war es mir, als sey ich selbst Cardillacs Mordgehülfe geworden, nur in Madelons Liebe vergaß ich die innere Pein, die mich quälte, nur bei ihr konnt' es mir gelingen, jede äussere Spur namenlosen Grams weg zu tilgen. Arbeitete ich mit dem Alten in der Werkstatt, nicht ins Antlitz vermochte ich ihm zu schauen, kaum ein Wort zu reden vor dem Grausen, das mich durchbebte in der Nähe des entsetzlichen Menschen, der alle Tugenden des treuen, zärtlichen Vaters, des guten Bürgers erfüllte, während die Nacht seine Unthaten verschleierte. Madelon, das fromme, engelsreine Kind, hing an ihm mit abgöttischer Liebe. Das Herz durchbohrt' es mir, wenn ich daran dachte, daß, träfe einmal die Rache den verlarvten Bösewicht, sie ja, mit aller höllischen List des Satans getäuscht, der gräßlichsten Verzweiflung unterliegen müsse. Schon das verschloß mir den Mund, und hätt' ich den Tod des Verbrechers darum dulden müßen. Unerachtet ich aus den Reden der Marechaussee genug entnehmen konnte, waren mir Cardillacs Unthaten, ihr Motiv, die Art, sie auszuführen, ein Räthsel: die Aufklärung blieb nicht lange aus. Eines Tages war Cardillac, der sonst meinen Abscheu erregend, bei der Arbeit in der heitersten Laune, scherzte und lachte, sehr ernst in sich gekehrt. Plötzlich warf er das Geschmeide, woran er eben arbeitete, bei Seite, daß Stein und Perlen auseinander rollten, stand heftig auf und sprach: Olivier! – es kann zwischen uns Beiden nicht so bleiben, dies Verhältniß ist mir unerträglich. – Was der feinsten Schlauigkeit Desgrais und seiner Spießgesellen nicht gelang zu entdecken, das spielte dir der Zufall in die Hände. Du hast mich geschaut in der nächtlichen Arbeit, zu der mich mein böser Stern treibt, kein Widerstand ist möglich. – Auch dein böser Stern war es, der dich mir folgen ließ, der dich in undurchdringliche Schleier hüllte, der deinem Fußtritt die Leichtigkeit gab, daß du unhörbar wandeltest wie das kleinste Thier, so daß ich, der ich in der tiefsten Nacht klar schaue wie der Tiger, der ich Straßen weit das kleinste Geräusch, das Sumsen der Mükke vernehme, dich nicht bemerkte. Dein böser Stern hat dich, meinen Gefährten, mir zugeführt. An Verrath ist, so wie du jetzt stehst, nicht mehr zu denken. Darum magst du Alles wissen. „Nimmermehr werd' ich dein Gefährte seyn, heuchlerischer Bösewicht." So wollt' ich aufschreien, aber das innere Entsetzen, das mich bei Cardillacs Worten erfaßt, schnürte mir die Kehle zu. Statt der Worte vermochte ich nur einen unverständigen Laut auszustossen. Cardillac setzte sich wieder in seinen Arbeitsstuhl. Er trocknete sich den Schweiß von der Stirne. Er schien, von der Erinnerung des Vergangenen hart berührt, sich mühsam zu fassen. Endlich fing er an: „Weise Männer sprechen viel von den seltsamen Eindrücken, deren Frauen in guter Hoffnung fähig sind, von dem wunderbaren Einfluß solch lebhaften, willenlosen Eindrucks von aussen her auf das Kind. Von meiner Mutter erzählte man mir eine wunderliche Geschichte. Als die mit mir im ersten Monat schwanger ging, schaute sie mit andern Weibern einem glänzenden Hoffest zu, das in Trianon gegeben wurde. Da fiel ihr Blick auf einen Cavalier in spanischer Kleidung mit einer blitzenden Juwelenkette um den Hals, von der sie die Augen gar nicht mehr abwenden konnte. Ihr ganzes Wesen war Begierde nach den funkelnden Steinen, die ihr ein überirdisches Gut dünkten. Derselbe Cavalier hatte vor mehreren Jahren, als meine Mutter noch nicht verheirathet, ihrer Tugend nachgestellt, war aber mit Abscheu zurückgewiesen worden. Meine Mutter erkannte ihn wieder, aber jetzt war es ihr, als sey er im Glanz der strahlenden Diamanten ein Wesen höherer Art, der Inbegriff aller Schönheit. Der Cavalier bemerkte die sehnsuchtsvollen, feurigen Blicke meiner Mutter. Er glaubte jetzt glücklicher zu seyn als vormals. Er wußte sich ihr zu nähern, noch mehr, sie von ihren Bekannten fort an einen einsamen Ort zu locken. Dort schloß er sie brünstig in seine Arme, meine Mutter faßte nach der schönen Kette, aber in demselben Augenblick sank er nieder und riß meine Mutter mit sich zu Boden. Sey es, daß ihn der Schlag plötzlich getroffen, oder aus einer andern Ursache; genug, er war todt. Vergebens war das Mühen meiner Mutter, sich den im Todeskrampf erstarrten Armen des Leichnams zu entwinden. Die hohlen Augen, deren Sehkraft erloschen, auf sie gerichtet, wälzte der Todte sich mit ihr auf dem Boden. Ihr gellendes Hülfsgeschrei drang endlich bis zu in der Ferne Vorübergehenden, die herbeieilten und sie retteten aus den Armen des grausigen Liebhabers. Das Entsetzen warf meine Mutter auf ein schweres Krankenlager. Man gab sie, mich verloren, doch sie gesundete und die

Entbindung war glücklicher, als man je hatte hoffen können. Aber die Schrecken jenes fürchterlichen Augenblicks hatten mich getroffen. Mein böser Stern war aufgegangen und hatte den Funken hinabgeschossen, der in mir eine der seltsamsten und verderblichsten Leidenschaften entzündet. Schon in der frühesten Kindheit gingen mir glänzende Diamanten, goldenes Geschmeide über Alles. Man hielt das für gewöhnliche kindische Neigung. Aber es zeigte sich anders, denn als Knabe stahl ich Gold und Juwelen, wo ich sie habhaft werden konnte. Wie der geübteste Kenner unterschied ich aus Instinkt unächtes Geschmeide von ächtem. Nur dieses lockte mich, unächtes so wie gemeinnütziges Gold ließ ich unbeachtet liegen. Den grausamsten Züchtigungen des Vaters mußte die angeborne Begierde weichen. Um nur mit Gold und edlen Steinen handtieren zu können, wandte ich mich zur Goldschmids-Profession. Ich arbeitete mit Leidenschaft und wurde bald der erste Meister dieser Art. Nun begann eine Periode, in der der angeborne Trieb, so lange niedergedrückt, mit Gewalt empordrang und mit Macht wuchs, Alles um sich her wegzehrend. So wie ich ein Geschmeide gefertigt und abgeliefert, fiel ich in eine Unruhe, in eine Trostlosigkeit, die mir Schlaf, Gesundheit – Lebensmuth raubte. – Wie ein Gespenst stand Tag und Nacht die

Person, für die ich gearbeitet, mir vor Augen, geschmückt mit meinem Geschmeide, und eine Stimme raunte mir in die Ohren: Es ist ja dein – es ist ja dein – nimm es doch – was sollen die Diamanten dem Todten! – Da legt' ich mich endlich auf Diebeskünste. Ich hatte Zutritt in den Häusern der Großen, ich nützte schnell jede Gelegenheit, kein Schloß widerstand meinem Geschick und bald war der Schmuck, den ich gearbeitet, wieder in meinen Händen. – Aber nun vertrieb selbst das nicht meine Unruhe. Jene unheimliche Stimme ließ sich dennoch vernehmen und höhnte mich und rief: Ho ho, dein Geschmeide trägt ein Todter! – Selbst wußte ich nicht, wie es kam, daß ich einen unaussprechlichen Haß auf die warf, denen ich Schmuck gefertigt. Ja! im tiefsten Innern regte sich eine Mordlust gegen sie, vor der ich selbst erbebte. – In dieser Zeit kaufte ich dieses Haus. Ich war mit dem Besitzer Handels einig geworden, hier in diesem Gemach saßen wir erfreut über das geschlossene Geschäft beisammen, und tranken eine Flasche Wein. Es war Nacht worden, ich wollte aufbrechen, da sprach mein Verkäufer: Hört, Meister René, ehe Ihr fortgeht, muß ich Euch mit einem Geheimniß dieses Hauses bekannt machen. Darauf schloß er jenen in die Mauer eingeführten Schrank auf, schob die Hinterwand fort, trat in ein kleines Gemach, bückte sich nieder, hob eine Fallthür' auf. Eine steile, schmale Treppe stiegen wir hinab, kamen an ein schmales Pförtchen, das er aufschloß, traten hinaus in den freien Hof. Nun schritt der alte Herr, mein Verkäufer, hinan an die Mauer, schob an einem nur wenig hervorragenden Eisen, und alsbald drehte sich ein Stück Mauer los, so daß ein Mensch bequem durch die Oeffnung schlüpfen und auf die Straße gelangen konnte. Du magst einmal das Kunststück sehen, Olivier, das wahrscheinlich schlaue Mönche des Klosters, welches ehemals hier lag, fertigen ließen, um heimlich aus- und einschlüpfen zu können. Es ist ein Stück Holz, nur von aussen gemörtelt und getüncht, in das von aussenher eine Bildsäule, auch nur von Holz, doch ganz wie Stein, eingefügt ist, welches sich mit sammt der Bildsäule auf verborgenen Angeln dreht. – Dunkle Gedanken stiegen in mir auf, als ich diese Einrichthung sah, es war mir, als sey vorgearbeitet solchen Thaten, die mir selbst noch Geheimniß blieben. Eben hatt' ich einem Herrn vom Hofe einen reichen Schmuck abgeliefert, der, ich weiß es, einer Operntänzerin bestimmt war. Die Todesfolter blieb nicht aus – das Gespenst hing sich an meine Schritte – der lispelnde Satan an mein Ohr! – Ich zog ein in das Haus. In blutigem Angstschweiß gebadet wälzte ich mich schlaflos auf dem Lager! Ich seh' im Geiste den Menschen zu der Tänzerin schleichen mit meinem Schmuck. Voller Wuth springe ich auf – werfe den Mantel um – steige herab die geheime Treppe – fort durch die Mauer nach der Straße Nicaise. – Er kommt, ich falle über ihn her, er schreit auf, doch von hinten festgepackt stoße ich ihm den Dolch ins Herz – der Schmuck ist mein! – Dies gethan fühlte ich eine Ruhe, eine Zufriedenheit in meiner Seele, wie sonst niemals. Das Gespenst war verschwunden, die Stimme des Satans schwieg. Nun wußte ich, was mein böser Stern wollte, ich mußt' ihm nachgeben oder untergehen! – Du begreifst jetzt mein ganzes Thun und Treiben, Olivier! – Glaube nicht, daß ich darum, weil ich thun muß, was ich nicht lassen kann, jenem Gefühl des Mitleids, des Erbarmens, was in der Natur des Menschen bedingt seyn soll, rein entsagt habe. Du weißt, wie schwer es mir wird, einen Schmuck abzuliefern; wie ich für manche deren Tod ich nicht will, gar nicht arbeite, ja wie ich sogar, weiß ich, daß am morgenden Tage Blut mein Gespenst verbannen wird, heute es bei einem tüchtigen Faustschlage bewenden lasse, der den Besitzer meines Kleinods zu Boden streckt, und mir dieses in die Hand liefert. –" Dies alles gesprochen, führte mich Cardillac in das geheime Gewölbe und gönnte mir den Anblick seines Juwelen-Kabinets. Der König besitzt es nicht reicher. Bei jedem Schmuck war auf einem kleinen, daran gehängten Zettel genau bemerkt, für wen es gearbeitet, wann es durch Diebstahl, Raub oder Mord genommen worden. „An deinem Hochzeitstage, sprach Cardillac dumpf und feierlich, an deinem Hochzeitstage, Olivier, wirst du mir, die Hand gelegt auf des gekreuzigten Christus Bild, einen heiligen Eid schwören, so wie ich gestorben, alle diese Reichthümer in Staub zu vernichten durch Mittel, die ich dir dann bekannt machen werde. Ich will nicht, daß irgend ein menschlich Wesen, und am wenigsten Madelon und Du, in den Besitz des mit Blut erkauften Horts komme." Gefangen in diesem Labyrinth des Verbrechens, zerrissen von Liebe und Abscheu, von Wonne und Entsetzen, war ich dem Verdammten zu vergleichen, dem ein holder Engel mild lächelnd hinaufwinkt, aber mit glühenden Krallen festgepackt hält ihn der Satan, und des frommen Engels Liebeslächeln, in dem sich alle Seligkeit des hohen Himmels abspiegelt, wird ihm zur grimmigsten seiner Qualen. – Ich dachte an Flucht – ja an Selbstmord – aber Madelon! – Tadelt mich, tadelt mich, mein würdiges Fräulein, daß ich zu schwach war, mit Gewalt eine Leidenschaft niederzukämpfen, die mich an das Verbrechen fesselte; aber büße ich nicht dafür mit schmachvollem Tode? – Eines Tages kam Cardillac nach Hause ungewöhnlich heiter. Er liebkoste Madelon, warf mir die freundlichsten Blicke zu, trank bei Tische eine Flasche edlen Weins, wie er es nur an hohen Fest- und Feiertagen zu thun pflegte, sang und jubilirte. Madelon hatte uns verlassen, ich wollte in die Werkstatt: „Bleib sitzen, Junge, rief Cardillac, heut' keine Arbeit mehr, laß uns noch eins trinken auf das Wohl der allerwürdigsten, vortrefflichsten Dame in Paris." Nachdem ich mit ihm angestoßen und er ein volles Glas geleert hatte, sprach er: Sag' an, Olivier!, wie gefallen dir die Verse:

Un amant qui craint les voleurs
n'est point digne d'amour!

Er erzählte nun, was sich in den Gemächern der Maintenon mit Euch und dem Könige begeben und fügte hinzu, daß er Euch von jeher verehrt habe, wie sonst kein menschliches Wesen, und daß Ihr, mit solch hoher Tugend begabt, vor der der böse Stern kraftlos erbleiche, selbst den schönsten von ihm gefertigten Schmuck tragend, niemals ein böses Gespenst, Mordgedanken in ihm erregen würdet. „Höre, Olivier, sprach er, wozu ich entschlossen. Vor langer Zeit sollt' ich Halsschmuck und Armbänder fertigen für Henriette von England und selbst die Steine dazu liefern. Die Arbeit gelang mir wie keine andere, aber es zerriß mir die Brust, wenn ich daran dachte, mich von dem Schmuck, der mein Herzenskleinod geworden, trennen zu müssen. Du weißt der Prinzessin unglücklichen Tod durch Meuchelmord. Ich behielt den Schmuck und will ihn nun als ein Zeichen meiner Ehrfurcht, meiner Dankbarkeit dem Fräulein von Scuderi senden im Namen der verfolgten Bande. – Ausserdem, daß die Scuderi das sprechende Zeichen ihres Triumphs erhält, verhöhne ich auch Desgrais und seine Gesellen, wie sie es verdienen. – Du sollst ihr den Schmuck hintragen." So wie Cardillac Euern Namen nannte, Fräulein, war es, als würden schwarze Schleier weggezogen, und das schöne, lichte Bild meiner glücklichen frühen Kinderzeit ginge wieder auf in bunten, glänzenden Farben. Es kam ein wunderbarer Trost in meine Seele, ein Hoffnungsstrahl, vor dem die finstern Geister schwanden. Cardillac mochte den Eindruck, den seine Worte auf mich gemacht, wahrnehmen und nach seiner Art deuten. „Dir scheint, sprach er, mein Vorhaben zu behagen. Gestehen kann ich wohl, daß eine tief' innere Stimme, sehr verschieden von der, welche Blutopfer verlangt wie ein gefräßiges Raubthier, mir befohlen hat, daß ich solches thue. – Manchmal wird mir wunderlich im Gemüthe – eine innere Angst, die Furcht vor irgend etwas Entsetzlichem, dessen Schauer aus einem fernen Jenseits herüber wehen in die Zeit, ergreift mich gewaltsam. Es ist mir dann sogar, als ob das, was der böse Stern begonnen durch mich, meiner unsterblichen Seele, die daran keinen Theil hat, zugerechnet werden könne. In solcher Stimmung beschloß ich, für die heilige Jungfrau in der Kirche St. Eustache eine schöne Diamanten-Krone zu fertigen. Aber jene unbegreifliche Angst überfiel mich stärker, so oft ich die Arbeit beginnen wollte, da unterließ ich's ganz. Jetzt ist es mir, als wenn ich der Tugend und Frömmigkeit selbst demuthsvoll ein Opfer bringe und wirksame Fürsprache erflehe, indem ich der Scuderi den schönsten Schmuck sende, den ich jemals gearbeitet. –" Cardillac, mit Eurer ganzen Lebensweise, mein Fräulein, auf das genaueste bekannt, gab mir nun Art und Weise so wie die Stunde an, wie und wann ich den Schmuck, den er in ein sauberes Kästchen schloß, abliefern solle. Mein ganzes Wesen war Entzücken, denn der Himmel selbst zeigte mir durch den frevelichen Cardillac den Weg, mich zu retten aus der Hölle, in der ich, ein verstoßener Sünder, schmachte. So dacht' ich. Ganz gegen Cardillacs Willen wollt' ich bis zu Euch dringen. Als Anne Brußons Sohn, als Euer Pflegling gedacht ich, mich Euch zu Füßen zu werfen und Euch Alles – Alles zu entdecken. Ihr hättet, gerührt von dem namenlosen Elend, das der armen, unschuldigen Madelon drohte bei der Entdekkung, das Geheimniß beachtet, aber Euer hoher, scharfsinniger Geist fand gewiß sichre Mittel, ohne jener

Entdeckung der verruchten Bosheit Cardillacs zu steuern. Fragt mich nicht, worin diese Mittel hätten bestehen sollen, ich weiß es nicht – aber daß Ihr Madelon und mich retten würdet, davon lag die Ueberzeugung fest in meiner Seele, wie der Glaube an die trostreiche Hülfe der heiligen Jungfrau. – Ihr wißt, Fräulein, daß meine Absicht in jener Nacht fehlschlug. Ich verlor nicht die Hoffnung, ein andermal glücklicher zu seyn. Da geschah es, daß Cardillac plötzlich alle Munterkeit verlor. Er schlich trübe umher, starrte vor sich hin, murmelte unverständliche Worte, focht mit den Händen, Feindliches von sich abwehrend, sein Geist schien gequält von bösen Gedanken. So hatte er es einen ganzen Morgen getrieben. Endlich setzte er sich an den Werktisch, sprang unmuthig wieder auf, schaute durch's Fenster, sprach ernst und düster: Ich wollte doch, Henriette von England hätte meinen Schmuck getragen! – Die Worte erfüllten mich mit Entsetzen. Nun wußt ich, daß sein irrer Geist wieder erfaßt war von dem abscheulichen Mordgespenst, daß des Satans Stimme wieder laut worden vor seinen Ohren. Ich sah Euer Leben bedroht von dem verruchten Mordteufel. Hatte Cardillac nur seinen Schmuck wieder in Händen, so war't Ihr gerettet. Mit jedem Augenblick wuchs die Gefahr. Da begegnete ich Euch auf dem Pontneuf, drängte mich an Eure Kutsche, warf Euch jenen Zettel zu, der Euch beschwor, doch nur gleich den erhaltenen Schmuck in Cardillacs Hände zu bringen. Ihr kommt nicht. Meine Angst stieg bis zur Verzweiflung, als andern Tages Cardillac von nichts anderm sprach, als von dem köstlichen Schmuck, der ihm in der Nacht vor Augen gekommen. Ich konnte das nur auf Euern Schmuck deuten, und es wurde mir gewiß, daß er über irgend einen Mordanschlag brüte, den er gewiß schon in der Nacht auszuführen sich vorgenommen. Euch retten mußt' ich, und soll' es Cardillacs Leben kosten. So wie Cardillac nach dem Abendgebet sich wie gewöhnlich eingeschlossen, stieg ich durch ein Fenster in den Hof, schlüpfte durch die Oeffnung in der Mauer und stellte mich unfern in den tiefen Schatten. Nicht lange dauerte es, so kam Cardillac heraus und schlich leise durch die Straße fort. Ich hinter ihm her. Es ging nach der Straße St. Honorée, mir bebte das Herz. Cardillac war mit einemmal mir entschwunden. Ich beschloß, mich an Euere Hausthüre zu stellen. Da kommt singend und trillernd, wie damals, als der Zufall mich zum Zuschauer von Cardillacs Mordthat machte, ein Offizier bei mir vorüber, ohne mich zu gewahren. Aber in demselben Augenblick springt eine schwarze Gestalt hervor und fällt über ihn her. Es ist Cardillac. Diesen Mord will ich hindern, mit einem lauten Schrei bin ich in zwei – drei Sätzen zur Stelle – Nicht der Offizier – Cardillac sinkt zum Tode getroffen röchelnd zu Boden. Der Offizier läßt den Dolch fallen, reißt den Degen aus der Scheide, stellt sich, wähnend ich sey des Mörders Geselle, kampffertig mir entgegen, eilt aber schnell davon, als er gewahrte, daß ich, ohne mich um ihn zu kümmern, nur den Leichnam untersuche. Cardillac lebte noch. Ich lud ihn, nachdem ich den Dolch, den der Offizier hatte fallen lassen, zu mir gesteckt, auf die Schultern und schleppe ihn mühsam fort nach Hause, und durch den geheimen Gang hinauf in die Werkstatt. – Das Uebrige ist Euch bekannt. Ihr seht, mein würdiges Fräulein, daß mein einziges Verbrechen nur darin besteht, daß ich Madelons Vater nicht den Gerichten verrieth und so seinen Unthaten ein Ende machte. Rein bin ich von jeder Blutschuld. – Keine Marter wird mir das Geheimniß von Cardillacs Unthaten abzwingen. Ich will nicht, daß der ewigen Macht, die der tugendhaften Tochter des Vaters gräßliche Blutschuld verschleierte, zum Trotz, das ganze Elend der Vergangenheit, ihres ganzen Seyns noch jetzt tödtend auf sie einbreche, daß noch jetzt die weltliche Rache den Leichnam aufwühle aus der Erde, die ihn deckt, daß noch jetzt der Henker die vermoderten Gebeine mit Schande brandmarke. – Nein! – mich wird die Geliebte meiner Seele beweinen als den unschuldig Gefallenen, die Zeit wird ihren Schmerz lindern, aber unüberwindlich würde der Jammer seyn über des geliebten Vaters entsetzliche Thaten der Hölle! –“

Olivier schwieg, aber nun stürzte plötzlich ein Thränenstrom aus seinen Augen, er warf sich der Scuderi zu Füßen und flehte: „Ihr seyd von meiner Unschuld überzeugt – gewiß Ihr seyd es! – Habt Erbarmen mit mir, sagt, wie steht es um Madelon? –“ Die Scuderi rief der Martiniere, und nach wenigen Augenblicken flog Madelon an Oliviers Hals. „Nun ist alles gut, da du hier bist – ich wußt’ es ja, daß die edelmüthigste Dame dich retten würde!“ So rief Madelon einmal über das andere, und Olivier vergaß sein Schicksal, alles was ihm drohte, er war frei und selig. Auf das rührendste klagten Beide sich, was sie um einander gelitten, und umarmten sich dann aufs neue und weinten vor Entzücken, daß sie sich wiedergefunden.

Wäre die Scuderi nicht von Oliviers Unschuld schon überzeugt gewesen, der Glaube daran müßte ihr jetzt gekommen seyn, da sie die Beiden betrachtete, die in der Seligkeit des innigsten Liebesbündnisses die Welt vergaßen und ihr Elend und ihr namenloses Leiden. „Nein, rief sie, solch seliger Vergessenheit ist nur ein reines Herz fähig.“

Die hellen Strahlen des Morgens brachen durch die Fenster. Desgrais klopfte leise an die Thüre des Gemachs und erinnerte, daß es Zeit sey, Olivier Brußon fortzuschaffen, da ohne Aufsehen zu erregen das später nicht geschehen könne. Die Liebenden mußten sich trennen. –

Die dunklen Ahnungen, von denen der Scuderi Gemüth befangen seit Brußons erstem Eintritt in ihr Haus, hatten sich nun zum Leben gestaltet auf furchtbare Weise. Den Sohn ihrer geliebten Anne sah sie schuldlos verstrickt auf eine Art, daß ihn vom schmachvollen Tod zu retten kaum denkbar schien. Sie ehrte des Jünglings Heldensinn, der lieber schuldbeladen sterben, als ein Geheimniß verrathen wollte, das seiner Madelon den Tod bringen mußte. Im ganzen Reiche der Möglichkeit fand sie kein Mittel, den Aermsten dem grausamen Gerichtshofe zu entreissen. Und doch stand es fest in ihrer Seele, daß sie kein Opfer scheuen müsse, das himmelschreiende Unrecht abzuwenden, das man zu begehen im Begriffe war. – Sie quälte sich ab mit allerlei Entwürfen und Plänen, die bis an das Abentheuerliche streiften, und die sie eben so schnell verwarf als auffaßte. Immer mehr verschwand jeder Hoffnungsschimmer, so daß sie verzweifeln wollte. Aber Madelons unbedingtes, frommes kindliches Vertrauen, die Verklärung, mit der sie von dem Geliebten sprach, der nun bald, freigesprochen von jeder Schuld, sie als Gattin umarmen werde, richtete die Scuderi in eben dem Grad wieder auf, als sie davon bis tief ins Herz gerührt wurde.

Um nun endlich etwas zu thun, schrieb die Scuderi an la Regnie einen langen Brief, worin sie ihm sagte, daß Olivier Brußon ihr auf die glaubwürdigste Weise seine völlige Unschuld an Cardillacs Tode dargethan habe, und daß nur der heldenmüthige Entschluß, ein Geheimniß in das Grab zu nehmen, dessen Enthüllung die Unschuld und Tugend selbst verderben würde, ihn zurückhalte, dem Gericht ein Geständniß abzulegen, das ihn von dem entsetzlichen Verdacht nicht allein, daß er Cardillac ermordet, sondern daß er auch zur Bande verruchter Mörder gehöre, befreien müße. Alles was glühender Eifer, was geistvolle Beredsamkeit vermag, hatte die Scuderi aufgeboten, la Regnie hartes Herz zu erweichen. Nach wenigen Stunden antwortete la Regnie, wie es ihn herzlich freue, wenn Olivier Brußon sich bei seiner hohen, würdigen Gönnerin gänzlich gerechtfertigt habe. Was Oliviers heldenmüthigen Entschluß betreffe, ein Geheimniß, das sich auf die That beziehe, mit ins Grab nehmen zu wollen, so thue es ihm leid, daß die Chambre ardente dergleichen Heldenmuth nicht ehren könne, denselben vielmehr durch die kräftigsten

Mittel zu brechen suchen müsse. Nach drei Tagen hoffte er in dem Besitz des seltsamen Geheimnisses zu seyn, das wahrscheinlich geschehene Wunder an den Tag bringen werde.

Nur zu gut wußte die Scuderi, was der fürchterliche la Regnie mit jenen Mitteln, die Brußons Heldenmuth brechen sollen, meinte. Nun war es gewiß, daß die Tortur über den Unglücklichen verhängt war. In der Todesangst fiel der Scuderi endlich ein, daß, um nur Aufschub zu erlangen, der Rath eines Rechtsverständigen dienlich seyn könne. Pierre Arnaud d'Andilly war damals der berühmteste Advokat in Paris. Seiner tiefen Wissenschaft, seinem umfassenden Verstande war seine Rechtschaffenheit, seine Tugend gleich. Zu dem begab sich die Scuderi und sagte ihm Alles, so weit es möglich war, ohne Brußons Geheimniß zu verletzen. Sie glaubte, daß d'Andilly mit Eifer sich des Unschuldigen annehmen werde, ihre Hoffnung wurde aber auf das bitterste getäuscht. D'Andilly hatte ruhig alles angehört und erwiederte dann lächelnd mit Boileaus Worten: Le vrai peut quelque fois n'etre pas vraisemblable. – Er bewies der Scuderi, daß die auffallendsten Verdachtsgründe wider Brußon sprächen, daß la Regnies Verfahren keineswegs grausam und übereilt zu nennen, vielmehr ganz gesetzlich sey, ja daß er nicht anders handeln könne, ohne die Pflichten des Richters zu verletzen. Er, d'Andilly, selbst getraue sich nicht durch die geschickteste Vertheidigung Brußon von der Tortur zu retten. Nur Brußon selbst könne das entweder durch aufrichtiges Geständniß oder wenigstens durch die genaueste Erzählung der Umstände bei dem Morde Cardillacs, die dann vielleicht erst zu neuen Ausmittlungen Anlaß geben würden. „So werfe ich mich dem Könige zu Füßen, und flehe um Gnade," sprach die Scuderi ganz ausser sich mit von Thränen halb erstickter Stimme. „Thut das, rief d'Andilly, thut das um des Himmels willen nicht, mein Fräulein! – Spart Euch dieses letzte Hülfsmittel auf, das, schlug es einmal fehl, Euch für immer verloren ist. Der König wird nimmer einen Verbrecher der Art begnadigen, der bitterste Vorwurf des gefährdeten Volks würde ihn treffen. Möglich ist es, daß Brußon durch Entdeckung seines Geheimnisses oder sonst Mittel findet, den wider ihn streitenden Verdacht aufzuheben. Dann ist es Zeit, des Königs Gnade zu erflehen, der nicht darnach fragen, was vor Gericht bewiesen ist, oder nicht, sondern seine innere Ueberzeugung zu Rathe ziehen wird. – Die Scuderi mußte dem tief erfahrnen d'Andilly nothgedrungen beipflichten. – In tiefen Kummer versenkt, sinnend und sinnend, was um der Jungfrau und aller Heiligen willen sie nun anfangen solle, um den unglücklichen Brußon zu retten, saß sie am späten Abend in ihrem Gemach, als die Martiniere eintrat und den Grafen von Miossens, Obristen von der Garde des Königs, meldete, der dringend wünsche, das Fräulein zu sprechen.

„Verzeiht, sprach Miossens, indem er sich mit soldatischem Anstande verbeugte, verzeiht, mein Fräulein, wenn ich Euch so spät, so zu ungelegener Zeit überlaste. Wir Soldaten machen es nicht anders, und zu dem bin ich mit zwei Worten entschuldigt. – Olivier Brußon führt mich zu Euch." Die Scuderi, hochgespannt, was sie jetzt wieder erfahren werde, rief laut: Olivier Brußon? der Unglücklichste aller Menschen? – was habt ihr mit dem? – Dacht' ich's doch, sprach Miossens lächelnd weiter, daß Eures Schützlings Namen hinreichen würde, mir bei Euch ein geneigtes Ohr zu verschaffen. Die ganze Welt ist von Brußons Schuld überzeugt. Ich weiß, daß Ihr eine andere Meinung hegt, die sich freilich nur auf die Betheurungen des Angeklagten stützen soll, wie man gesagt hat. Mit mir ist es anders. Niemand als ich kann besser überzeugt seyn von Brußons Unschuld an dem Tode Cardillacs. „Redet, o redet", rief die Scuderi, indem ihr die Augen glänzten vor Entzücken. „Ich, sprach Miossens mit Nachdruck, ich war es selbst, der den alten Goldschmid niederstiß in der Straße St. Honorée unfern Eurem Hause." Um aller Heiligen willen, Ihr – Ihr! rief die Scuderi. „Und, fuhr Miossens fort, und ich schwöre es Euch, mein Fräulein, daß ich stolz bin auf meine That. Wisset, daß Cardillac der verruchteste, heuchlerische Bösewicht, daß er es war, der in der Nacht heimtückisch mordete und raubte, und so lange allen Schlingen entging. Ich weiß selbst nicht, wie es kam, daß ein innerer Verdacht sich in mir gegen den alten Bösewicht regte, als er voll sichtlicher Unruhe den Schmuck brachte, den ich bestellt, als er sich genau erkundigte, für wen ich den Schmuck bestimmt, und als er auf recht listige Art meinen Kammerdiener ausgefragt hatte, wenn ich eine gewisse Dame zu besuchen pflege. – Längst war es mir aufgefallen, daß die unglücklichen Schlachtopfer der abscheulichsten Raubgier alle dieselbe Todeswunde trugen. Es war mir gewiß, daß der Mörder auf den Stoß, der augenblicklich tödten mußte, eingeübt war und darauf rechnete. Schlug der fehl, so galt es den gleichen Kampf. Dies ließ mich eine Vorsichtsmaßregel brauchen, die so einfach ist, daß ich nicht begreife, wie andere nicht längst darauf fielen und sich retteten von dem bedrohlichen Mordwesen. Ich trug einen leichten Brustharnisch unter der Weste. Cardillac fiel mich von hinten an. Er umfaßte mich mit Riesenkraft, aber der sicher gerührte Stoß glitt ab an dem

Eisen. In demselben Augenblick entwandt ich mich ihm und stieß ihm den Dolch, den ich in Bereitschaft hatte, in die Brust." „Und Ihr schweigt, fragte die Scuderi, Ihr zeigtet den Gerichten nicht an, was geschehen?" „Erlaubt, sprach Miossens weiter, erlaubt, mein Fräulein, zu bemerken, daß eine solche Anzeige mich, wo nicht gerade zu ins Verderben, doch in den abscheulichsten Prozeß verwickeln konnte. Hätte la Regnie, überall Verbrechen witternd, mir's denn geradehin geglaubt, wenn ich den rechtschaffenen Cardillac, das Muster aller Frömmigkeit und Tugend, des versuchten Mordes angeklagt? Wie wenn das Schwert der Gerechtigkeit seine Spitze wider mich selbst gewandt?" „Das war nicht möglich, rief die Scuderi, Eure Geburt – Euer Stand –" „O, fuhr Miossens fort, denkt doch an den Marschall von Luxemburg, den der Einfall, sich von le Sage das Horoskop stellen zu lassen, in den Verdacht des Giftmordes und in die Bastille brachte. Nein, beim St. Dionys, nicht eine Stunde Freiheit, nicht meinen Ohrzipfel geb ich Preis dem rasenden la Regnie, der sein Messer gern an unsere alten Kehlen setzte." „Aber so bringt Ihr ja den unschuldigen Brußon auf's Schaffott?" fiel ihm die Scuderi ins Wort. „Unschuldig, erwiederte Miossens, unschuldig, mein Fräulein, nennt Ihr des verruchten Cardillacs Spießgesellen? – der ihm beistand in seinen Thaten? der den Tod hundertmal verdient hat? – Nein in der That, der blutet mit Recht, und daß ich Euch, mein hochverehrtes Fräulein, den wahren Zusammenhang der Sache entdeckte, geschah in der Voraussetzung, daß Ihr, ohne mich in die Hände der Chambre ardente zu liefern, doch mein Geheimniß auf irgend eine Weise für Euren Schützling zu nützen verstehen würdet."

Die Scuderi, im Innersten entzückt, ihre Ueberzeugung von Brußons Unschuld auf solch entscheidende Weise bestättigt zu sehen, nahm gar keinen Anstand, dem Grafen, der Cardillacs Verbrechen ja schon kannte, alles zu entdecken und ihn aufzufordern, sich mit ihr zu d'Andilly zu begeben. Dem sollte unter dem Siegel der Verschwiegenheit Alles entdeckt werden, der solle dann Rath ertheilen, was nun zu beginnen.

D'Andilly, nachdem die Scuderi ihm Alles auf das genaueste erzählt hatte, erkundigte sich nochmals nach den geringfügigsten Umständen. Insbesondere fragte er den Grafen Miossens, ob er auch die feste Ueberzeugung habe, daß er von Cardillac angefallen, und ob er Olivier Brußon als denjenigen würde wieder erkennen können, der den Leichnam fortgetragen. Ausserdem, erwiederte Miossens, daß ich in der mondhellen Nacht den Goldschmid recht gut erkannte, habe ich auch bei la Regnie selbst den Dolch gesehen, mit dem Cardillac niedergestoßen wurde. Es ist der meinige, ausgezeichnet durch die zierliche Arbeit des Griff's. Nur einen Schritt von ihm stehend gewahrte ich alle Züge des Jünglings, dem der Hut vom Kopf gefallen, und würde ihn allerdings wieder erkennen können."

D'Andilly sah schweigend einige Augenblicke vor sich nieder, dann sprach er: „Auf gewöhnlichem Wege ist Brußon aus den Händen der Justiz nun ganz und gar nicht zu retten. Er will Madelons halber Cardillac nicht als Mordräuber nennen. Das mag er thun, denn selbst, wenn es ihm gelingen müßte, durch Entdeckung des heimlichen Ausgangs, des zusammengeraubten Schatzes dies nachzuweisen, würde ihn doch als Mitverbundenen der Tod treffen. Dasselbe Verhältniß bleibt stehen, wenn der Graf Miossens die Begebenheit mit dem Goldschmid, wie sie wirklich sich zutrug, den Richtern entdecken sollte. Aufschub ist das Einzige, wornach getrachtet werden muß. Graf Miossens begiebt sich nach der Conciergerie, läßt sich Olivier Brußon vorstellen und erkennt ihn für den, der den Leichnam Cardillacs fortschaffte. Er eilt zu la Regnie und sagt: In der Straße St. Honorée sah ich einen Menschen niederstoßen, ich stand dicht neben dem Leichnam, als ein Anderer hinzusprang, sich zum Leichnam niederbückte, ihn, da er noch Leben spürte, auf die Schultern lud und forttrug. In Olivier Brußon habe ich diesen Menschen erkannt. Diese Aussage veranlaßt Brußons nochmalige Vernehmung, Zusammenstellung mit dem Grafen Miossens. Genug, die Tortur unterbleibt und man forscht weiter nach. Dann ist es Zeit, sich an den König selbst zu wenden. Euerm Scharfsinn, mein Fräulein! bleibt es überlassen, dies auf die geschickteste Weise zu thun. Nach meinem Dafürhalten würd' es gut seyn, dem Könige das ganze Geheimniß zu entdecken. Durch diese Aussage des Grafen Miossens werden Brußons Geständnisse unterstützt. Dasselbe geschieht vielleicht durch geheime Nachforschungen in Cardillacs Hause. Keinen Rathsspruch, aber des Königs Entscheidung, auf inneres Gefühl, das da, wo der Richter strafen muß, Gnade ausspricht, gestützt, kann das alles begründen. –" Graf Miossens befolgte genau, was d'Andilly gerathen, und es geschah wirklich, was dieser vorhergesehen.

Nun kam es darauf an, den König anzugehen, und dies war der schwürigste Punkt, da er gegen Brußon, den er allein für den entsetzlichen Raubmörder hielt, welcher so lange Zeit hindurch ganz Paris in Angst und Schrecken gesetzt hatte, solchen Abscheu hegte, daß er, nur leise erinnert an den berüchtigten Prozeß, in den heftigsten Zorn gerieth. Die Maintenon, ihrem Grundsatz, dem Könige nie von unangenehmen Dingen zu reden, getreu, verwarf jede Vermittlung, und so war Brußons Schicksal ganz in die Hand der Scuderi gelegt. Nach langem Sinnen faßte sie einen Entschluß eben so schnell als sie ihn ausführte. Sie kleidete sich in eine schwarze Farbe von schwerem Seidenzeug, schmückte sich mit Cardillacs köstlichem Geschmeide, hing einen langen, schwarzen Schleier über, und erschien so in den Gemächern der Maintenon zur Stunde, da eben der König zugegen. Die edle Gestalt des ehrwürdigen Fräuleins in diesem feierlichen Anzuge hatte eine Majestät, die tiefe Ehrfurcht erwecken mußte selbst bei dem losen Volk, das gewohnt ist, in den Vorzimmern sein leichtsinnig nichts beachtendes Wesen zu treiben. Alles wich scheu zur Seite, und als sie nun eintrat, stand selbst der König ganz verwundert auf und kam ihr entgegen. Da blitzten ihm die köstlichen Diamanten des Halsbands, der Armbänder ins Auge und er rief: Beim Himmel, das ist Cardillacs Geschmeide! Und dann sich zur Maintenon wendend fügte er mit anmuthigem Lächeln hinzu: Seht Frau Marquise, wie unsere schöne Braut um ihren Bräutigam trauert. „Ei gnädiger Herr, fiel die Scuderi wie den Scherz fortsetzend ein, wie würd' es ziemen einer Schmerz erfüllten Braut, sich so glanzvoll zu schmücken? Nein, ich habe mich ganz losgesagt von diesem Goldschmid, und dächte nicht mehr an ihn, träte mir nicht manchmal das abscheuliche Bild, wie er ermordet dicht bei mir vorübergetragen wurde, vor Augen." Wie, fragte der König, wie! Ihr habt ihn gesehen, den armen Teufel? Die Scuderi erzählte nun mit kurzen Worten, wie sie der Zufall (noch erwähnte sie nicht der Einmischung Brußons) vor Cardillacs Haus gebracht, als eben der Mord entdeckt worden. Sie schilderte Madelons wilden Schmerz, den tiefen Eindruck, den das Himmelskind auf sie gemacht, die Art, wie sie die Arme unter Zujauchzen des Volks aus Desgrais Händen gerettet. Mit immer steigendem und steigendem Interesse begannen nun die Szenen mit la Regnie – mit Desgrais – mit Olivier Brußon selbst. Der König, hingerissen von der Gewalt des lebendigsten Lebens, das in der Scuderi Rede glühte, gewahrte nicht, daß von dem gehäßigen Prozeß des ihm abscheulichen Brußons die Rede war, vermochte nicht ein Wort hervorzubringen, konnte nur dann und wann mit einem Ausruf Luft machen der innern Bewegung. Ehe er sichs versah, ganz ausser sich über das Unerhörte, was er erfahren und noch nicht vermögend alles zu ordnen, lag die Scuderi schon zu seinen Füßen und flehte um Gnade für Olivier Brußon. „Was thut Ihr, brach der König los, indem er sie bei beiden Händen faßte und in den Sessel nöthigte, was thut Ihr, mein Fräulein! – Ihr überrascht mich auf seltsame Weise! – Das ist ja eine entsetzliche Geschichte! – Wer bürgt für die Wahrheit der abentheuerlichen Erzählung Brußons?" Darauf die Scuderi: Miossens Aussage – die Untersuchung in Cardillacs Hause – innere Ueberzeugung – ach! Madelons tugendhaftes Herz, das gleiche Tugend in dem unglücklichen Brußon erkannte! – Der König, im Begriff, etwas zu erwiedern, wandte sich auf ein Geräusch um, das an der Thüre entstand. Louvois, der eben im andern Gemach arbeitete, sah hinein mit besorglicher Miene. Der König stand auf und verließ Louvois folgend das Zimmer. Beide, die Scuderi, die Maintenon hielten diese Unterbrechung für gefährlich, denn einmal überrascht, mochte der König sich hüten, in die gestellte Falle zum zweitenmal zu gehen. Doch nach einigen Minuten trat der König wieder hinein, schritt rasch ein paarmal im Zimmer auf und ab, stellte sich dann, die Hände über den Rücken geschlagen, dicht vor der Scuderi hin und sprach, ohne sie anzublicken, halb leise: Wohl möcht' ich Eure Madelon sehen! – Darauf die Scuderi: O mein gnädiger Herr, welches hohen – hohen Glücks würdigt Ihr das arme, unglückliche Kind – ach, nur Eures Winks bedürft es ja, die Kleine zu Euren Füßen zu sehen. Und trippelte dann, so schnell sie es in den schweren Kleidern vermochte, nach der Thür und rief hinaus, der König wolle Madelon Cardillac vor sich lassen, und kam zurück und weinte und schluchzte vor Entzücken und Rührung. Die Scuderi hatte solche Gunst geahnet, und daher Madelon mitgenommen, die bei der Marquise Kammerfrau wartete mit einer kurzen Bittschrift in den Händen, die ihr d'Andilly aufgesetzt. In wenig Augenblicken lag sie sprachlos dem Könige zu Füßen. Angst – Bestürzung – scheue Ehrfurcht – Liebe und Schmerz – trieben der Armen rascher und rascher das siedende Blut durch alle Adern. Ihre Wangen glühten in hohem Purpur – die Augen glänzten von hellen Thränenperlen, die dann und wann hinabfielen durch die seidenen Wimpern auf den schönen Lilienbusen. Der König schien betroffen über die wunderbare Schönheit des Engelskinds. Er hob das Mädchen sanft auf, dann machte er eine Bewegung, als wolle er ihre Hand, die er gefaßt, küssen. Er ließ sie wieder und schaute das holde Kind an mit thränenfeuchtem Blick, der von der tiefsten innern Rührung zeugte. Leise lispelte die Maintenon der Scuderi zu: Sieht sie nicht der la Valliere ähnlich auf ein Haar, das kleine Ding? – Der König schwelgt in den süßesten Erinnerungen. Euer Spiel ist gewonnen. – So leise dies auch die Maintenon sprach, doch schien es der König vernommen zu haben. Eine Röthe überflog sein Gesicht, sein Blick streifte bei der Maintenon vorüber, er las die Supplik, die Madelon ihm überreicht, und sprach dann mild und gütig: Ich will's wohl glauben, daß du, mein liebes Kind, von deines Geliebten Unschuld überzeugt bist, aber hören wir, was die Chambre ardente dazu sagt! – Eine sanfte Bewegung mit der Hand verabschiedete die Kleine, die in Thränen verschwimmen wollte. – Die Scuderi gewahrte zu ihrem Schreck, daß die Erinnerung an die Valliere, so ersprießlich sie anfangs geschienen, des Königs Sinn geändert hatte, so wie die Maintenon den Namen genannt. Mocht' es seyn, daß der König sich auf unzarte Weise daran erinnert fühlte, daß er im Begriff stehe, das strenge Recht der Schönheit aufzuopfern, oder vielleicht ging es dem Könige wie dem Träumer, dem, hart angerufen, die schönen Zauberbilder, die er zu umfassen gedachte, schnell verschwinden. Vielleicht sah er nun nicht mehr seine Valliere vor sich, sondern dachte nur an die Sœur Louise de la misericorde (der Valliere Klostername bei den Carmeliternonnen), die ihn peinigte mit ihrer Frömmigkeit und Buße. – Was war jetzt anders zu thun, als des Königs Beschlüsse ruhig abzuwarten.

Des Grafen Miossens Aussage vor der Chambre ardente war indessen bekannt geworden, und wie es zu geschehen pflegt, daß das Volk leicht getrieben wird von einem Extrem zum andern, so wurde derselbe, den man erst als den verruchtesten Mörder verfluchte und den man zu zerreißen drohte, noch ehe er die Blutbühne bestiegen, als unschuldiges Opfer einer barbarischen Justiz beklagt. Nun erst erinnerten sich die Nachbarsleute seines tugendhaften Wandels, der großen Liebe zu Madelon, der Treue, der Ergebenheit mit Leib und Seele, die er zu dem alten Goldschmidt gehegt. – Ganze Züge des Volks erschienen oft auf bedrohliche Weise vor la Regnies Pallast und schrien: Gieb uns Olivier Brußon heraus, er ist unschuldig, und warfen wohl gar Steine nach den Fenstern, so daß la Regnie genöthigt war, bei der Marechaussee Schutz zu suchen vor dem erzürnten Pöbel.

Mehrere Tage vergingen, ohne daß der Scuderi von Olivier Brußons Prozeß nur das mindeste bekannt wurde. Ganz trostlos begab sie sich zur Maintenon, die aber versicherte, daß der König über die Sache schweige, und es gar nicht gerathen scheine, ihn daran zu erinnern. Fragte sie nun noch mit sonderbarem Lächeln, was denn die kleine Valliere mache? so überzeugte sich die Scuderi, daß tief im Innern der stolzen Frau sich ein Verdruß über eine Angelegenheit regte, die den reizbaren König in ein Gebiet locken konnte, auf dessen Zauber sie sich nicht verstand. Von der Maintenon konnte sie daher gar nichts hoffen.

Endlich mit d'Andilly's Hülfe gelang es der Scuderi, auszukundschaften, daß der König eine lange geheime Unterredung mit dem Grafen Miossens gehabt. Ferner, daß Bontems, des Königs vertrautester Kammerdiener und Geschäftsträger in der Conciergerie gewesen, und mit Brußon gesprochen, daß endlich in einer Nacht eben derselbe Bontems mit mehreren Leuten in Cardillacs Hause gewesen und sich lange darin aufgehalten. Claude Patru, der Bewohner des untern Stocks, versicherte, die ganze Nacht habe es über seinem Kopfe gepoltert, und gewiß sey Olivier dabei gewesen, denn er habe seine Stimme genau erkannt. So viel war also gewiß, daß der König selbst dem wahren Zusammenhange der Sache nachforschen ließ, unbegreiflich blieb aber die lange Verzögerung des Beschlusses. La Regnie mochte alles aufbieten, das Opfer, das ihm entrissen werden sollte, zwischen den Zähnen fest zu halten. Das verdarb jede Hoffnung im Aufkeimen.

Beinahe ein Monat war vergangen, da ließ die Maintenon der Scuderi sagen, der König wünsche sie heute Abend in ihren, der Maintenon, Gemächern zu sehen.

Das Herz schlug der Scuderi hochauf, sie wußte, daß Brußons Sache sich nun entscheiden würde. Sie sagt es der armen Madelon, die zur Jungfrau, zu allen Heiligen inbrünstig betete, daß sie doch nur in dem König die Ueberzeugung von Brußons Unschuld erwecken möchten.

Und doch schien es, als habe der König die ganze Sache vergessen, denn wie sonst, weilend in anmuthigen Gesprächen mit der Maintenon und der Scuderi, gedachte er nicht mit einer Sylbe des armen Brußons. Endlich erschien Bontems, näherte sich dem Könige und sprach einige Worte so leise, daß beide Damen nichts davon verstanden. – Die Scuderi erbebte im Innern. Da stand der König auf, schritt auf die Scuderi zu und sprach mit leuchtenden Blicken: Ich wünsche Euch Glück, mein Fräulein! – Euer Schützling, Olivier Brußon, ist frei! – Die Scuderi, der die Thränen aus den Augen stürzten, keines Wortes mächtig, wollte sich dem Könige zu Füßen werfen. Der hinderte sie daran, sprechend: Geht, geht! Fräulein, Ihr solltet Parlamentsadvokat seyn und meine Rechtshändel ausfechten, denn, beim heiligen Dionys, Eurer Beredsamkeit widersteht Niemand auf Erden. – Doch, fügte er ernster hinzu, doch, wen die Tugend selbst in Schutz nimmt, mag der nicht sicher seyn vor jeder bösen Anklage, vor der Chambre ardente und allen Gerichtshöfen in der Welt! – Die Scuderi fand nun Worte, die sich in den glühendsten Dank ergoßen. Der König unterbrach sie, ihr ankündigend, daß in ihrem Hause sie selbst viel feurigerer Dank erwarte, als er von ihr fordern könne, denn wahrscheinlich umarme in diesem Augenblick der glückliche Olivier schon seine Madelon. „Bontems, so schloß der König, Bontems soll Euch tausend Louis auszahlen, die gebt in meinem Namen der Kleinen als Brautschatz. Mag sie ihren Brußon, der solch ein Glück gar nicht verdient, heurathen, aber dann sollen Beide fort aus Paris. Das ist mein Wille."

Die Martiniere kam der Scuderi entgegen mit raschen Schritten, hinter ihr her Baptiste, Beide mit vor Freude glänzenden Gesichtern, Beide jauchzend, schreiend: Er ist hier – er ist frei! – o die lieben jungen Leute! Das selige Paar stürzte der Scuderi zu Füßen. O ich habe es ja gewußt, daß Ihr, Ihr allein mir den Gatten retten würdet, rief Madelon. Ach der Glaube an Euch, meine Mutter, stand ja fest in meiner Seele, rief Olivier, und Beide küßten der würdigen Dame die Hände und vergoßen tausend heiße Thränen. Und dann umarmten sie sich wieder und betheuerten, daß die überirdische Seligkeit dieses Augenblicks alle namenlose Leiden der vergangenen Tage aufwiege; und schworen, nicht voneinander zu lassen bis in den Tod.

Nach wenigen Tagen wurden sie verbunden durch den Segen des Priesters. Wäre es auch nicht des Königs Wille gewesen, Brußon hätte doch nicht in Paris bleiben können, wo ihn Alles an jene entsetzliche Zeit der Unthaten Cardillacs erinnerte, wo irgend ein Zufall das böse Geheimniß, nun noch mehreren Personen bekannt worden, feindselig enthüllen und sein friedliches Leben auf immer verstören konnte. Gleich nach der Hochzeit zog er, von den Segnungen der Scuderi begleitet, mit seinem jungen Weibe nach Genf. Reich ausgestattet durch Madelons Brautschatz, begabt mit seltner Geschicklichkeit in seinem Handwerk, mit jeder bürgerlichen Tugend, ward ihm dort ein glückliches, sorgenfreies Leben. Ihm wurden die Hoffnungen erfüllt, die den Vater getäuscht hatten bis in das Grab hinein.

Ein Jahr war vergangen seit der Abreise Brußons, als eine öffentliche Bekanntmachung erschien, gezeichnet von Harloy de Chamvalon, Erzbischof von Paris, und von dem Parlaments-Advokaten Pierre Arnaud d'Andilly, des Inhalts, daß ein reuiger Sünder unter dem Siegel der Beichte der Kirche einen reichen geraubten Schatz an Juwelen und Geschmeide übergeben. Jeder, dem etwa bis zum Ende des Jahres 1680. vorzüglich durch mörderischen Anfall auf öffentlicher Straße ein Schmuck geraubt worden, sollte sich bei d'Andilly melden, und werde, treffe die Beschreibung des ihm geraubten Schmucks mit irgend einem vorgefundenen Kleinod genau überein, und finde sonst kein Zweifel gegen die

Rechtmäßigkeit des Anspruchs statt, den Schmuck wieder erhalten. – Viele, die in Cardillacs Liste als nicht ermordet, sondern bloß durch einen Faustschlag betäubt aufgeführt waren, fanden sich nach und nach bei dem Parlamentsadvokaten ein, und erhielten zu ihrem nicht geringen Erstaunen das ihnen geraubte Geschmeide zurück. Das Uebrige fiel dem Schatz der Kirche zu St. Eustache anheim.